ここは限界ハウス

Ruka
Takato
高遠琉加

CHOCOLAT
BUNKO

ILLUSTRATION 三尾じゅん太

CONTENTS

1

もうだめだ。

いや、まだ大丈夫だ。

毎日繰《く》り返し、交互にそう思っていた。天秤《てんびん》がゆらゆらと揺れるみたいに。

その天秤は崖《がけ》っぷちぎりぎりのところに置かれている。二つの皿の片方――「もうだめだ」の方は、崖から飛び出している。下は、奈落《ならく》だ。

二日連続で終電に乗れなかった時。並べた椅子の上で眠って体が痛い時。ようやくアパートに帰れても散らかった部屋にうんざりして、四時間しか眠れず目覚ましに叩き起こされ、駅のホームでぎゅうぎゅうに詰め込まれた満員電車を見た時――そういう時に、「もうだめだ」と思う。思うたびに、皿に重りがひとつのる。

ひとつひとつの重りは小さなものだ。でもいくつものせられるうちに、だんだん皿は沈《しず》んでいく。沈みきってさらに重りがのせられたら、きっと天秤ごと傾いて、まっさかさまに奈落に転がり落ちるだろう。

だけど「もうだめだ」と思う頭の反対側で、「いや、まだ大丈夫だ」という声もした。まだ大丈夫。まだがんばれる。だってほら、ほかの人はあんなにがんばっているじゃないか。先輩も上司も自分より仕事ができて、自分より忙しい。仕事のできない自分は、もっとがんばらなくちゃいけない。

(それに、やめてどうする?)

貯金もそんなにないし、奨学金《しょうがくきん》も返さなくちゃいけない。ろくにスキルもないまま三年ももたずにやめたら、転職先は見つかるだろうか。いまの世の中、新卒で失敗してレールから外れたら、再びレールに乗るのはとても難しい。失業したら、一人暮らしで実家もあまり裕福《ゆうふく》じゃない自分は、あっという間に転がり落ちるに違いない。普通の〝世間〟から。

辞めたら両親だって心配するだろう。せっかく東京の大学に行かせてもらって、せっかくまともに就職できたのに。こんなにすぐに辞めたら、どんなに失望するだろう。

それに、どうにか再就職できても、給料はいまより下がるかもしれない。だけど同じくらい忙しいかもしれない。だったら、ここでがんばった方がいいんじゃないか。こんなに残業が多いのは、仕事が遅くて要領《ようりょう》が悪いからだ。もっとスキルを上げれば、もっと効率《こうりつ》よくできるはず。もっとがんばれば、もう少し楽になるはず。

まだ大丈夫だ。もっとがんばれば。

まだ。もっと、もっと――

「まだ大丈夫」と思うたびに、「もうだめだ」の反対側の皿に重りがのる。それで沈んでいた皿が少し戻る。両方の皿には交互に重りがのせられ、天秤は崖っぷちでぎりぎりの均衡を保っている。

だけど、もうそろそろ――限界《げんかい》だ。

（疲れた……）

僕は足をひきずるようにして駅からの道を歩いていた。今日も残業で終電ぎりぎりだ。早く帰ってベッドに潜《もぐ》り込みたい。

（でも、何か食べなきゃ……カロリーメイト残ってなかったかな。あーでも、食べるの面倒……）

アパートにたどり着き、機械的に郵便受けを開けて中の郵便物をつかんだ。エレベーターに乗って三階のボタンを押し、壁にもたれる。ほんの数秒でも目を閉じてしまう。

部屋に入って電気をつけ、ネクタイをほどきながら寝室に直行した。鞄《かばん》や手に持っていたものを放り出し、そのままベッドに倒れ込む。

疲れた。もうそれしか考えられない。服を脱ぐのも面倒だ。

（……もう）

いや、でも、まだ。

その時、チェストの上でスマートフォンのランプがちかちかと光っているのが見えた。

（あ……スマホ）

そういえば、スマホを家に忘れていっていた。昨日は泊まりだったから、丸二日充電器に差したまま放りっぱなしだ。でも忙しすぎてプライベートがなく、なくてもあまり困らなかった。

のろのろと取って、画面を見る。それから、ちょっと瞬《まばた》きした。

（なんだ？）

着信が十件入っていた。すべて同じ、知らない番号だ。

スマートフォンを手に、しばらく呆ける。まだ頭が再稼働しない。

視界にさっき放り出した郵便物が散らばっていた。チラシやダイレクトメールに交じって青い封筒があることに、その時気がついた。

なんだろう。宛名が手書きだから、ダイレクトメールじゃない。眠たかったけど、とりあえず身を起こして封筒を開けた。

最初は斜《なな》め読みした。

それから、二度見した。

書面の一番上には、『請求書《せいきゅうしょ》』と書かれていた。

「……え？」

書面には金融《きんゆう》会社の社名が入っている。銀行や大手の消費者金融じゃない。いわゆる街金だ。

すっと、胸の底が冷たくなった。

そして貸付先として書かれているのは、よく知っている名前だった。

「……連帯保証人？」

桐谷祐司《きりたにゆうじ》。

――睦月《むつき》って、ひょっとして一月生まれだから睦月？

脳裡《のうり》に、上目遣《うわめづか》いに見つめてくる目と、明るい声が蘇った。

文書には、桐谷裕司に五百万円を貸し付けたこと、返済《へんさい》期限を過ぎても返済されていないこと、その場合、連帯保証人に返済の義務があること、何度か請求書を送ったが返答がなく、このままでは法的対処に踏み切ること――が、ごく丁寧《ていねい》で事務的な、だからこそ逃げ場の見えない文章で書かれていた。

五百万円。

「え?」

頭で理解できても、心がまだついていかない。心が、理解するのを拒《こば》んでいた。

それでも、あわててベッドから下りてダイニングのテーブルの上の郵便物を探った。ろくにチェックもせず放置したままで、山になっている。様々なチラシやダイレクトメールに交じって、青い封筒が二通あった。

一通目には、返済期限が過ぎている二か月分を、この請求書の到着後一週間以内に支払うよう書かれていた。二通目には、利子《りし》を含めた全額を、即刻《そっこく》支払うよう書かれていた。

そして、今日届いたのが三通目らしい。その会社の電話番号は、着信に残されている番号と同じだった。

「……嘘だろ」

大口顧客《こきゃく》のシステムにバグが見つかって、このところ殺人的な忙しさだった。僕が所属するシステム部のSEは残業や泊まり込みが続いて、郵便物なんてずっと見る余裕がなかった。

スマートフォンを手に取る。操作《そうさ》をする指がこまかく震《ふる》えた。

(桐谷……桐谷)

電話をかけながら、嘘だろう、と思っていた。まだ。これは何かの間違いだ。

『お客様がおかけになった番号は、現在電源が入っていないか、電波の届かない場所に……』

「――」

その夜はろくに眠れなかった。あんなに眠かったのに。

それでも朝になったら会社に行かなくちゃいけない。会社に着いてデスクに鞄を置いたとたん、スマートフォンが鳴り出した。見ると、あの金融会社の番号だ。

「わっ」

とっさに拒否をしてしまった。

「なんだ、どうした？」

隣の席の先輩が声をかけてくる。「なんでもありません」とごまかしたけど、顔がひきつった。

そのまま電源を切った。もう怖くて電源を入れられない。仕事の合間《あいま》にだけ電源を入れて、桐谷に電話をかけた。ずっと『電源が入っていないか、電波の届かない場所に』だった。

（そんなまさか）

（いや、そんなはずはない）

（きっと何か事情が）

繋《つな》がらない電話に胸を押しつぶされそうになりながら、まだ、大丈夫と思っていた。心の天秤の片方で。これは何かの間違いだ。

（だって桐谷は……）

桐谷は、友達だから。

――おまえだけが頼りなんだよ。

頭を下げて懇願《こんがん》する声と、必死な顔を思い出す。

――親父が車で事故を起こしちまってさ。命には別状ないんだけど、入院してて……でも、事故の相手がちょっとまずくて、示談《じだん》に金が必要で。

――ほら、うちの親、教師だろ？　教頭だし、大ごとになるとまずいんだよ。親戚《しんせき》はこういうの許さないし。どうしようってお袋に泣かれて。

――絶対に迷惑《めいわく》はかけないから。

――友達だろう？

（そうだ、会社）

桐谷の勤め先の電話番号を調べてかけた。桐谷が就職したのは大手の通販会社だ。だけど名前を出すと、いったん保留《ほりゅう》になったあと、あっさり『当社を退職《たいしょく》いたしました』と言われた。

（嘘だろ……）

その夜アパートに帰ると、部屋のドアにメモが貼られていた。糊《のり》のついた付箋紙だ。走り書きで『不在のようなのでまた来ます』と書かれていた。

社名は入っていない。個人名だけだ。でもその名前は、請求書に書かれていた担当者の名前だとすぐにわかった。

（ここまで来たんだ）

血の気が引いた。

その日から、アパートに帰るのが怖くなった。帰るとドアにメモが貼られている。「何度もドアを叩いていた人がいましたよ」と隣人に迷惑そうに言われたこともあった。

そして、会社宛に電話がかかってくるようになった。会社に直接来られたら、逃げられない。怖くなって最初の請求書の二か月分を支払うと、とりあえず訪問はやんだ。

けれど借金はまだほとんどが残っている。五百万なんて大金、僕に払えるはずがない。でも僕に返済の義務があるのは、事実だった。だって契約書にサインしちゃったんだから。桐谷が返さないなら、僕が返さなくちゃいけない。

仕事が手につかない。だけど仕事は山のようにある。残業をしなくちゃいけない。アパートに帰るのが怖い。

ろくに眠れず、食べられず、頭も体もどんどん憔悴《しょうすい》していった。桐谷の携帯はずっと繋がらない。実家の連絡先は知らなかった。

会社が休みの土曜日に、僕は桐谷のマンションに足を運んだ。桐谷の部屋に行くのはひさしぶりだ。

だけど行ってみると、表札《ひょうさつ》がなくなっていた。チャイムを鳴らしても、ドアをどんどん叩いても、応答がない。やみくもにドアを叩いていると隣の部屋のドアが開いて、隣人が迷惑そうな顔で「お隣、引越しましたよ」と教えてくれた。

「借金取りみたいな人が何度も来てましたからね。夜逃げじゃないですか?」

「え……」

頭が真っ白になった。

――どうしよう。

それからしばらくの間は、あまり記憶がない。仕事だけはなんとかこなしていたけど、体も心も限界寸前《すんぜん》だった。僕はたぶんひどい顔をしていたんだろう。見かねた上司が、今日はもう帰れと言ってくれた。

「電車に飛び込みでもされたらかなわないからな」

それで今日、いつもより早い時間に僕は駅のホームに立っている。梅雨《つゆ》が上がったばかりで、空気はじっとりと蒸《む》し暑《あつ》かった。

（……出ない）

ずっと同じ応答メッセージを途中で断ち切る。桐谷の携帯はやっぱり繋がらなかった。

もうだめだ。

いや、まだ大丈夫だ。

僕の中でぐらぐらと天秤が揺れている。両方の皿はもう重りでいっぱいで、あとひとつどちらかに重りをのせたら、天秤ごと倒れるか、それとも壊れてしまうに違いない。

何かが壊れる時って、きっとそういうものだ。限界までは形を保っていて、外側からはわからない。だけど見えない内側は静かに壊れ続けていて、限界に達した時、小さな一撃で粉々になってしまうのだ。

『まもなく二番線に下り電車がまいります。黄色い線の内側まで下がってお待ちください』

夕方のホームは人でごった返していた。電車が次々やってきて、たくさんの人を吐き出しては飲み込んでいく。ホーム上の人は絶えず入れ替わっている。その中で、僕はひとり動かず突《つ》っ立っていた。川の中の岩みたいに。

（……どうしよう）

　足が動かない。

　このところ仕事が進まず、ミスばかりだ。周りの人に迷惑をかけている。本当は会社に戻って、自分の仕事をやらなくちゃいけないんじゃないか。

（でも、戻りたくない）

　だけどアパートに帰りたくもなかった。帰ったら、また督促状《とくそくじょう》が来ているかもしれない。

　足が動かない。電車が来ても、乗ることができない。

『危ないですから、黄色い線の内側で』

　また電車が来る。ゴオーッと風が吹き、髪が暴《あば》れる。

『ドアが閉まります。駆《か》け込み乗車はおやめください』

　電車が動き出す。乗れなかった僕をおいて。

『二番線、快速電車がまいります』

　また電車が来る。次から次へと、滞ることなく。さあ乗りなさいとドアがひらく。

　乗りたくない。

『車内中ほどまでお進みください』

　もうどこへも行きたくない。行くところなんてない。

（もう――）

　その時、手の中のスマートフォンが震えた。立ちすくんでいた僕はびくりと体を震わせた。

画面を見る。違った。桐谷じゃなかった。知らない番号だ。でも、金融会社からの電話でもない。固定電話で、地方の市外局番だ。

「もしもし？」

電話に出ると、年配の女性の声が聞こえてきた。

『羽瀬《はせ》睦月さんでいらっしゃいますか』

「は、はい」

『私、桐谷祐司の母でございます。大学で一緒だった…』

もしかしてと思ったら、やっぱりそうだ。あの、と言いかけると相手の『あのう』という、切羽詰《せっぱつ》まったような声とかさなった。

『祐司の居場所をご存知ないでしょうか』

「――」

すぐには言葉が出ない。母親はうろたえた様子で続けた。

『実はいま、行方がわからなくて……会社も黙ってやめてしまって、借りていた部屋も引き払っていて。残っていた荷物の中に大学のゼミの連絡名簿があったので、みなさんにお訊《き》きしているんです』

「そ…そうですか……」

『あの、最近祐司に会っていないでしょうか。何があったか、ご存知じゃないですか。会社をやめるなんて、そんなことひとことも言っていなかったのに』

とても心配そうだ。それはそうだろう。息子が行方不明なんだから。でも。

もしかして、桐谷は金融会社から金を借りたことを親に話していないんだろうか。僕が連帯保証人になっていることも知らないんだろうか。

（借金のことは？）

「僕も桐谷くんを探しているんですが……」

まあそうですか、と母親は落胆《らくたん》した吐息をつく。

「あの、桐谷くんのお父さんの容態《ようだい》はいかがですか」

『はい？』

駅のホームはいろんな音がしてうるさい。よく聞こえなかったかと、僕は声を少し大きくした。

「入院されてるんですよね。命には別条なかったとのことですが」

『は？　入院？』

「え、あの……事故を起こしたって」

『事故？　主人がですか？』

驚いた声で、母親は訊き返してきた。

『何かの間違いじゃないでしょうか。主人は事故なんて起こしてませんし、入院もしておりませんが』

「――」

また電車が来て、横殴りの強い風が吹きつけてくる。その風にぶたれた気がした。

——嘘。

『もしもし？　羽瀬さん？』

ドアが開いて、たくさんの人がどっと押し出されてきた。立ちすくんでいる僕を邪魔そうによけていく。中の一人にぶつかられて、ぐらりとよろけた。

『羽瀬さん？　聞こえますか？』

僕の中で天秤が揺れている。両方の皿は重りでいっぱいで、皿を吊るす鎖は今にも切れそうだ。あとひとつでも重りをのせたら……

桐谷は僕に嘘をついていた。

僕にとってはそれが、最後の重りだった。連日の残業や五百万の借金に比べたら小さな、おまけみたいな重り。でも、鎖を引きちぎるには充分だ。

『もしもし？　変ね。切れちゃったのかしら……』

指から力が抜けて、スマートフォンが手から落ちた。桐谷の母親の声が小さくなっていく。目の前をたくさんの人が行き来している。電車がやってきては走り去っていく。でも、もう何も目に入らなかった。

脳裡に浮かぶのは、桐谷の笑った顔だ。それから、困った顔。懇願する顔。泣きそうな顔。

——友達だろう？

「…っ」

ばらばらになった天秤はバランスを崩《くず》し、まっさかさまに落ちていく。

（もうだめだ）

『まもなく電車がまいります。危ないですから、黄色い線の内側まで下がって……』

線路の向こうから電車がやってくる。轟音《ごうおん》をあげて、突っ込んでくる。

ふらりと一歩、足が動いた。

視界には何も映っていない。いや、迫ってくる電車だけが見えている。

もしここで、もう一歩足を踏み出したら。

とてもいいことを思いついたみたいに、頭がその考えに取りつかれた。

そしたらもう、会社に行かなくていい。電話がかかってくることもない。督促状が来ることもない。

これ以上、絶望することもない。

『危ないので下がってください！』

ほんの一歩だ。それだけで終わる。

「っと、失礼」

誰かに軽くぶつかられて、少しよろけた。でも目は電車から離れない。

「……ちょっと、あんた」

痛いのも苦《くる》しいのも、きっと一瞬だ。すぐに終わる。そしたらもう、苦しまなくていい。何も考えなくていい。どこへも行かなくていい。

「おい、危ないだろ」

電車が向かってくる。すべてを粉砕する、強い力で。

疲れきった体で、僕は最後の力をふりしぼった。最後の力は、自分の体をホームから——人生から押し出すことに使った。

「やめろ！」

もう限界だ。

2

桐谷に初めて会ったのは、大学入学直後のオリエンテーションの時だった。

「睦月って、ひょっとして一月生まれだから睦月？」

いきなりそんなふうに話しかけてきた。たまたま隣に座っていて、僕が手に持っていた書類に書かれた名前に目をとめたらしい。

「え、あ、うん」

ちょっと引き気味になりながら、僕は頷《うなず》いた。話しかけてきた学生はイケメンで活発《かっぱつ》そうで、いかにもモテそうだ。たくさん友達がいそうに見える。

そういう人に、僕は引け目を感じてしまう。だって自分と正反対だから。僕はこんなふうに知らない相手に気軽に話しかけられないし、話しかけられても上手に返せない。顔だって、よくて十人並み、悪く言えばなんの特徴《とくちょう》もない、三分で忘れられる顔だ。

「あ、やっぱり。小学校のクラスメイトにもいたんだよなー、睦月って名前の子。あっちは女の子だったけど。一月生まれの睦月ちゃん」

「へ…へえ」

大学に入ったばかりで、僕は緊張していた。まだ東京にも一人暮らしにも慣れていない頃だ。周りにいる学生たちはみんな垢抜けて見えて、自分だけがダサい田舎者《いなかもの》に思えた。

「雰囲気もなんか似てるなあ。あっちもおとなしい子でさ、俺、席が隣でちょっと気になってたんだよな」

「そ、そう」

「でも名前が睦月だろ？　悪ガキにおむつってあだ名つけられてさ。からかわれて、よく泣いてた。悪ガキはでかくて乱暴《らんぼう》な奴で取り巻きもいて、みんな逆らえなくて」

「……僕も小学生の頃、おむつってあだ名つけられてたよ」

「やっぱりなー。でも、嫌だったろ？」

間近で覗《のぞ》き込まれて、ちょっとドキリとする。明るい瞳がきらきらしていた。

「うん」

「だよな。それで俺、明日こそは悪ガキに逆らってあの子助けてやるぞ！　って子供心に決心してさ。殴られてもかまうもんかって。でも、意気込んで学校行ったら、その子、親の仕事の都合で転校しちゃったんだ。その日限りで」

「え…それは…」

気の毒というか、女の子にとってはよかったのか。どう返すべきかまごついていると、桐谷は大きくため息をついた。

「それ以来さあ、俺、思ったことはすぐに実行しなくちゃだめだって思うようになったんだ。人生何があるかわかんないんだから、やりたいことはリスクを冒《おか》してでもやろう、知らない人にもどんどん話しかけようって」

そう言って、桐谷は俺に向かってにこりとした。

「な」

「……うん」

緊張していた心が、ふっと軽くなった。

人見知りで奥手な僕が大学生活を楽しく送れたのは、桐谷のおかげだ。桐谷といると自然に周りに人が集まってくるし、知らない相手とも話すことができた。桐谷は僕の大切な友達だった。

だから、連帯保証人になったのだ。絶対に迷惑はかけないという言葉を信じて。困っている桐谷の力になれるならって。

友達だから――

（……あれ、ここどこだろう）

ふと気づくと、僕は暗いところに一人で立っていた。

薄暗い大きな部屋だ。パソコンが置かれた事務机がずらりと並んでいる。人は誰もいない。左右も向こう側も壁が見えなくて、延々と、見わたす限り、事務机が並んでいた。

（……いやだな、ここ）

なんだか嫌な感じだ。僕は一歩うしろに下がった。

唐突《とうとつ》に、パッと明かりがついた。空中に蛍光灯《けいこうとう》が浮かんでいる。机と同じように、どこまでも。

そしてどこかから声が降ってきた。

「納期に間に合わないだろ！」

「えっ」

納期に間に合わない。条件反射的にはっとして、体が身構えた。納期は絶対だ。

気がつくと、僕は事務机のうちのひとつに向かっていた。会社の自分のデスクだ。パソコンの電源が入っていて、カーソルがちかちかと瞬いている。

「羽瀬、その修正、いつ終わる？」

先輩に言われて、僕は焦《あせ》ってキーボードを叩きながら答えた。

「すみません、ちょっとまだ…」

「どうすんだよ。納期に間に合わないぞ。営業に殺されるぞ？」

「すみません」

「困るんだよ。納期に間に合わなかったら、あんたが責任取ってくれるのか？」

「すいません、すいません」

カタカタとキーボードを叩き続ける。音に合わせて、モニター上に並んでいる文字が進んでいく。

まるで軍隊の行進だ。きれいに整列してリズムに合わせて一直線に進み、端まで行くと、ばらばらと落ちていく。端っこは、崖だ。並ばされて前に進まされ、崖から落ちていく文字たち。

（……もう）

「だから、俺は関係ないんだよ。もういいだろう、帰っても。帰って仕事しないと」

仕事をしなくちゃいけない。借金を返さなくちゃ。仕事仕事借金借金。

（もう）

「仕事がたまってるんだよ！」

「もういやだ！」

叫んだとたん、目の前のパソコンが消えた。強い力に吹き散らされるみたいに。

「――」

見ひらいた目に、ベージュ色の天井と蛍光灯が見えた。

「あ……あんた、気がついたのか」

知らない誰かが、僕の顔を見ていた。

見ていると言っても目元は見えない。サングラスをかけているのだ。知らない顔はもう一つ、いや二つある。合計三人の男が僕を見下ろしていた。

「ここは……」

ぱちぱちと瞬きをして、僕はあたりを見回した。

知らない場所で、僕はベッドに横たわっていた。学校の保健室にあるような白いパイプ製のベッドだ。ベッドと小さな洗面台があるだけの、ごく狭い部屋だった。

そして、立っている三人のうち二人は制服を着ていた。一人は駅員の制服で、もう一人は警官だ。二人とも中年で、サングラスの男は二人よりは若い。

「僕……」

僕はゆっくりと身を起こした。駅員が「大丈夫ですか」と声をかけてくる。特にどこも痛いところはなかったけど、スーツが少し汚れていた。

どうやら少しの間気を失って……というか、眠ってしまっていたらしい。ずっとよく眠れなかったせいだ。僕はどうしてここにいるんだっけ？

「ここは駅の救護室です」

駅員が言った。

「あなた、ホームから落ちて電車に轢《ひ》かれかけたんですよ。さいわい、すんでのところでこちらの方が飛び降りてあなたを引っぱってホームの下に入ったので、大事には至《いた》らなかったんですけどね」

こちらの方、とサングラスの男を手で示す。男は苛々《いらいら》した様子で、ため息を吐いた。

「だから、そう言ってるだろ。俺はこいつを助けたんだよ。俺が飛び降りて助けなかったら、ぐちゃぐちゃ血まみれのバラバラ死体ができあがってたぜ？」

「…っ」

男の言葉に、思わず自分がそうなった姿を想像して、うッと口元を押さえた。

（僕……さっき）

そうだ、さっき、僕は電車に飛び込もうとした。終わりにしたいって、それだけで頭がいっぱいになって。

「でもねえ、あなたがぶつかって、この人が落ちたって言っている人がいるんですよ」

そう言ったのは制服警官だ。

「違うって！　ぶつかったことはぶつかったけど、それで落ちたわけじゃない」

男は声を荒げて言い返す。僕よりも年上だろうけど、年齢不詳《ふしょう》の男だった。サングラスにジーンズという会社員っぽくない格好をしている。髪もばさばさで、うっすら不精髭《ぶしょうひげ》が生えていた。

「でもあなた、お酒飲んでるでしょ？」

「だったらなんだよ。酒飲んで電車乗ったらいけないのか。運転したわけじゃあるまいし」

「まだ夕方なのに」

「うるさいな。飲まなきゃやってらんねえ時が人にはあるんだよ！」

怒鳴る寸前の声に、僕はびくっと肩を震わせた。

苛々しているらしいけど、ちょっと怖い人だ。サングラスのせいもあってヤクザっぽく見える。いや、本当にヤクザかもしれない。言われてみれば酒の匂いがぷんぷんするし。

「こいつも気がついたことだし、もういいだろ。俺、帰って仕事しなくちゃいけないんだよ。ただ人助けしただけなのに、なんで足止めされるんだ」

「そうは言っても、あなたがぶつかったという証言がある以上、捜査はしないと」

「ぶつかって落ちたんじゃないって言ってるだろう」

「でも、現にこの方はホームから落ちたわけですから」

「違うって。こいつの様子がおかしくて危ないから、腕をつかもうとしたんだよ。そしたら落ちちまって。酔《よ》ってるのはこいつの方じゃないのか」

「とにかく、詳《くわ》しい話は署の方で聞きますから」

「かんべんしてくれよ。だから俺、仕事が」

「――この人の言うとおりです」

警官とサングラス男の言い争いに、僕はベッドの上から割って入った。

「僕はこの人がぶつかって落ちたわけじゃありません」

「ほら見ろ」

「僕は自分から飛び降りたんです」

「――」

鼻白《はなじろ》んだ顔で、男と警官は黙り込んだ。

「電車に飛び込んで――死のうと……思って……」

（あれ？）

つうっと、頬を水滴がすべり落ちた。ぱたりとワイシャツの上に落ちる。水滴――涙が。

「お、お？」

あれ。変だな。悲しいなんて思っていたわけじゃないのに。ただもう疲れて疲れて、終わりにしたかっただけなのに。

「ちょ、ちょっと、あんた」

「うっ」

急に爆発的な嗚咽《おえつ》がこみ上げてきた。

「ふ、うあ、あっ、あっ」

肩を上下させて、僕は泣き出した。次から次へと涙があふれて、こぼれ落ちる。

不思議だ。涙が出ると、急に悲しくなってくる。僕は悲しいなんて思っていなかったのに。普通は感情が先で、それによって体の反応が起こるのに、今は心の方があとからついていっている。

「き、桐谷……っ」

最初から、桐谷は僕を騙《だま》していたんだろうか。借金を返す気なんかなくて、僕に押しつけるつもりだったんだろうか。

友達だって思っていたのに。

「桐谷、どうして……っ」

悲しい。悲しい。悲しい。

涙が流れ出るたびに、感情もあふれ出てくる。今まで止まっていた機械が動き出すみたいに。

「うああ――」

やっと気づいた。

僕は悲しかったんだ。桐谷に裏切られて……文字通り、死ぬほど悲しかったんだ。

仕事で疲れ果てても、五百万の借金を背負わされても、それでもなんとか持ちこたえていた心がぽきりと折れてしまうくらいに。

「おい……」

部屋にいる三人が困惑しているのがわかる。でも、止まらなかった。声をあげて僕は泣き続けた。人目もはばからず大声で泣きわめくのは、思いのほか気持ちがよかった。


「はあ……」

泣くのって、気持ちがいいけど体力を使う。僕は虚脱状態《きょだつじょうたい》でホームのベンチに座り込んでいた。救護室を出るまでは大変だった。自殺未遂をやらかした危ない人間だと思われたらしく（その通りだけど）、誰かに迎えに来てもらうようにと警官がしつこかったからだ。

「僕、一人暮らしですから」

「だったら友達とか、職場の同僚とか上司とか」

「頼れる人なんていません」

「じゃあ、遠くても実家の親御さんに連絡して来てもらいなさい。それまでは署の方に」

「大丈夫です」

このままでは警察に連れていかれてしまう。僕はがんばって元気そうな声を出した。

「もう会社やめますから」

「え？　やめるの？」

「はい。やっと気づいたんですが、うちの会社、ブラックでした。毎日忙しくて泊まり込みもしょっちゅうで、ちょっとノイローゼになってたみたいです。でも、目が覚めましたから」

「労働基準法に違反しているようなら、労基《ろうき》に訴《うった》えて…」

「はい、そうですね。そうします。だから、もう大丈夫ですから」

気を失っていたといっても眠っていただけだし、怪我《けが》もない。警官も内心のところさっさと仕事を終わらせたいと思っていたんだろう。「気をつけて帰りなさい」の言葉と一緒に、僕はようやく解放された。

「はあ……」

それでもやっぱり電車に乗る気になれず、僕はぼんやりとベンチに座っている。

（これからどうしよう）

警官にはああ言ったけど、会社をやめるとか、労基に訴えるとか、そんな行動を起こす気力は微《み》塵《じん》もない。借金をどうすればいいのかもわからない。ただもう僕は——疲れていた。

「帰りたくないな……」

目の前を行き交うたくさんの人を眺《なが》めて呟く。もう帰宅時間だ。みんな自分の家に帰っていく。

僕はどこへ行けばいいんだろう。どこへ帰ればいいんだろう。帰るところがないから、行くところもない。

『3番線、まもなく急行電車が到着します。停車駅は…』

（急行……）

頭上から降ってきたアナウンスに、ふらりと立ち上がった。

どこでもいい。とにかく会社でもアパートでもないところ。

ふらふらと電車に向かって歩き出す。どこでもいいからどこか――

「おい！」

いきなり、強い力で腕をつかまれた。

ぐいとうしろに引っぱられ、がくんとバランスを崩す。驚いて振り向いた。

「――あ」

さっきのサングラスの男だった。僕の腕をつかんで、仏頂面《ぶっちょうづら》で立っている。さっきお礼を言って、救護室を出たところで別れたはずなのに。

「あんた、また変なこと考えてるんじゃないだろうな？」

サングラスの奥の目が、ぎろりと僕を睨《にら》んだ。見えないけど、たぶん。

「え？　あ、ち、違います！」

僕はあわてて首を振った。

「いまは別に飛び込もうとしたわけじゃなくて」

「じゃあ家に帰るんだな？」

「家に……」

家。僕に家と呼べるところがあるだろうか。

言葉が出ず、口ごもってしまった。するとサングラスの男は、小さくため息をついて何か呟いた。

「……がねえな」

「え？」

「来い」

　ぐいとまた腕を引かれる。

　ちょうど急行電車のドアが閉まろうとしているところだった。発車のメロディが鳴っている。『駆け込み乗車はおやめください』のアナウンスに逆らって、男は閉まる寸前のドアの中に駆け込んだ。僕の腕をつかんだまま。

「えっ」

　背後でバンとドアが閉まった。

「ちょ、ちょっとあの」

「俺、少し寝るから」

「え」

　言い捨てると、男はドア脇のポールにもたれた。

（ね、寝る？）

　立ったままだからそんなにすぐに寝入ったわけじゃないだろうけど、目を閉じてしまった。でも、僕の腕は握《にぎ》ったままだった。しっかりと。

（え、どうしよう。これ）

　うろたえて窓と腕を交互に見る。電車はすぐに動き出した。

（これ、急行なんだよな）

電車はどんどん加速していく。窓の外の風景《ふうけい》が流れ去っていく。次の駅には停まらず、早いスピードのまま通り過ぎた。

僕のアパートの最寄り駅も、急行が停まらない駅だ。これじゃ降りられない。

（……でも、しかたないよな。腕をつかまれちゃってるんだし）

男は動かず、手の力もゆるまない。しかたなく、僕はぼんやりと窓の外を眺めた。

（――あ）

僕が本来降りる駅が近づいてきた。電車は速度を落とさず、一瞬で通過する。そのとき、ちょっとほっとした。

もう帰らなくていい。

次の駅が急行停車駅だった。車内アナウンスが駅の名前を告げると、男はうっそりとポールから身を起こした。

「降りるぞ」

「え、あの」

あいかわらず僕の腕を握ったままだ。引かれるままに、僕は男と一緒に電車から降りた。

「ちょ、ちょっと」

崩れた格好でだらしなく見える男は力は強く、ぐいぐい僕を引っぱっていく。背も高くサングラスのせいで迫力もあり、逆らえなかった。

「あの」

男は大股で改札に向かって歩いていく。

「あの！　乗り越し清算を」

「え？　ああ」

定期券の区間を乗り越してしまっているので、精算機《せいさんき》で清算をする。その間も、男は僕の腕を離さなかった。やりにくい。

駅を出ると、すぐそこにスーパーマーケットがあった。僕の腕をつかんだまま、男はすたすたとスーパーに入った。

入ったところは野菜と果物のコーナーだ。山積みになったじゃがいもの前で、男は立ち止まった。

「……」

何か考えている。それから、唐突に言った。

「あんた、コロッケ作れる？」

「はっ？」

「作れるのか作れないのか」

「えっ、と……つ、作れます」

とっさに答えた。学生時代、居酒屋の厨房《ちゅうぼう》でアルバイトをしていたので、家庭料理的なものなら作れる。料理は好きな方だ。最近は忙しくて自炊《じすい》はしてないけど。

「そいつはよかった。じゃあ、今夜はコロッケにしよう。コロッケ好きな奴がいるからな」

「え、あの」

「カゴ持って」

「え、あ、はい」

言われて反射的にカゴを手に取った。僕が持ったカゴに、男はごろごろとじゃがいもを放り込んでいく。計十個。多すぎじゃないのか。

「野菜は……キャベツの千切りとトマトでいいか」

丸ごとのキャベツをどかっと入れる。重い。

次は精肉売り場に行った。売り場を眺め渡し、男はのんびりした口調で僕に訊いた。

「合挽きとかでいいのか？　それとも牛？」

「え、ええと、どっちでも……牛肉の方がおいしいとは思いますけど」

「ふうん。お、牛肉特売だ。じゃあ奮発《ふんぱつ》して牛にするか。あとは何がいるんだ？」

「えーと、卵とパン粉と……あと、油と」

「卵とサラダ油はあるな。パン粉ってどこだ？　あ、ついでに明日の朝のパンも買っとくか」

僕の腕をつかんだまま、男は店内を歩き回る。カゴの中は食材でいっぱいになっていった。

「……」

（なんだ、これ）

じわじわと、このわけのわからない状況に対する焦りが湧き上がってきた。大泣きして虚脱していたせいで、つい流されてしまったけど。

この流れだと、もしかして僕はこの男の家でコロッケを作るんだろうか。初めて会った、知らない男の家で。

「あの……離してくれませんか」

遅まきながら抵抗《ていこう》を試みる。でも男は僕の声も手を振りほどこうとする素振《そぶ》りも無視して、買い物を続けた。

「牛乳はまだあったかな……。あんた、朝は？　食いたいものがあったら買っとけよ」

（え、泊まるってこと？）

素性《すじょう》もわからない男の家に？

このままじゃまずい。少し怖かったけど、僕は思いっきり力をこめて男の手を振りはらった。

「離してください！」

ようやく男がこちらを振り返った。

「な、なんなんですか、いったい。さっきから強引に」

「……」

声を荒らげても、男はまるで動じない。僕の方は、人に逆らうことに慣れていないせいで声が震えて動悸《どうき》が激しくなった。

「た、助けてもらったことにはお礼を言いますけど……でも、なんなんですか。コロッケとか。僕をどうするつもりなんですか」

大きな声を出したせいで周りの買い物客から注目されてしまっている。かあっと顔に血が上った。

「心配していただかなくても、僕はもう大丈夫ですから。もう家に」

「あんた、家に帰りたくないんだろう」

「…っ」

ぐっと言葉に詰まる。男は小さくため息をついた。

「わかるんだよ、そういうやつは。顔を見れば」

「そん……な」

「別にあんたをどうこうするつもりはない。人間、腹が減るとろくなことを考えないからな。とにかくメシを…」

「――仁《じん》さん！」

突然、声が上がった。

少し高い男の声だ。遠巻きにしている買い物客の向こうから、誰かが近づいてきた。

「こんなところで会えるなんて、ラッキー」

駆け寄ってきた人は、がばっとサングラスの男に抱きついた。

「えっ」

僕は面食《めんく》らって後ずさった。

綺麗《きれい》な顔立ちの男だった。僕より若いようにも、もっと年上のようにも見える。ゆるくウエーブのかかった金茶色の髪をしていて、オーバーサイズのシャツから細い足が伸びていた。芸能人みたいだ。

　でもその綺麗な顔で一番最初に目が行くのは、片目を覆った眼帯《がんたい》だった。白い肌と長めの髪、スリムを通り越してガリガリってくらいの細い体とあいまって、一種異様な雰囲気を醸《かも》し出している。買い物客でにぎわう夕方のスーパーマーケットでは浮いていた。

「今日、仁さんが食事当番だっけ。何作るの？」

　抱きついたまま、眼帯の美青年は笑みを作って言った。同性の僕でもちょっとぞくっとするような、色気のある笑みだ。

「コロッケ」

　対してサングラスの男の方はそっけなく返す。首に回された腕をあっさりはずした。

「ええ？　コロッケ？　仁さん作れるの？」

「俺じゃなくて、そいつが」

　僕を顎《あご》で示す。美青年がくるっとこっちを振り向いた。

「誰？　この人」

　流し目で見つめてくる目に険《けん》がある気がする。僕は蛇に睨まれた蛙みたいに身をすくめた。

「そういや名前を聞いてなかったな。あんた、名前は？」

「あ、あの……羽瀬睦月、です」

「羽瀬くんね。俺は神薙《かんなぎ》。神薙仁。こっちはミキオ」

　美青年を親指で指す。ミキオと呼ばれた男は、僕の方は見ずに、神薙と名乗《なの》った男に言った。

「仁さん、いつまでグラサンしてんの？　もう陽が沈んでるよ」

「ああ」

いま初めて気づいたというように、男はサングラスをはずした。

「ろくに寝てないから、太陽が目に沁《し》みて」

眉間を揉《も》みながら、シャツの胸ポケットにサングラスを入れる。ばさりと髪をかき上げた。

（……あれ）

ちょっと、意外だった。サングラス姿でいらいらと怒鳴っていた時はやくざみたいだったけど、こうして見ると、普通の人だ。

（普通っていうか）

わりに、けっこう、意外と――

「仁さん、また人間拾《ひろ》っちゃったの？」

ねめつけるような上目遣いで、ミキオくんが言った。神薙さんは肩をすくめる。

「なりゆきでな」

「あーあ、ほんっとお人よしなんだから」

ミキオくんはため息をつく。わけがわからずうろたえている僕に向かって、神薙さんが言った。

「あんた、行き場所がないんだろう」

「――」

僕は疲れていたし、弱っていた。そのせいだ。行き場所という言葉が、生き場所、に聞こえた。

「だったらとりあえず、うちに来ればいい」

　気負いのない、まるでコーヒーにでも誘うような口調だ。僕は目を瞬かせた。

「え?」

「うちはシェアハウスなんだ」

「シェアハウス?」

　訊き返す僕の手から、神薙さんは食料でいっぱいのカゴを取る。ミキオくんはその隣に立って、つまらなそうな顔で僕を見ていた。

「俺とミキオ、あともう三人いる。全員男だ。遠慮《えんりょ》はいらない。ちょうど部屋もひとつ空いてるしな」

「え、あの……」

　シェアハウス。赤の他人が共同生活をしている家ってことか?　僕が、そこに?

　すぐには返事ができない。するとミキオくんが、薄い唇の端をちらっと上げて言った。

「来たいなら来れば?　オーナーは仁さんだから、仁さんが連れてくるんならしょうがないよ。でも」

　ちょっと意地悪な口調だ。上から下まで、値踏《ねぶ》みするように僕を見る。

「うちは崖っぷちぎりぎりの人間ばかりが集まってるからね。あんたみたいなフツーのサラリーマンには向かないと思うけど」

　普通のサラリーマンという単語が、なんだか馬鹿にしているみたいに聞こえた。

「崖っぷちぎりぎり?」

「みんなこう呼んでる。――限界ハウス、って」

神薙さんが苦笑《くしょう》する。ミキオくんはにこりと笑った。眼帯をしていても蠱惑的《こわくてき》な笑みだ。

「まあ、そうだな」


限界集落という単語を初めて聞いた時、なんだかすごい言葉だなと思った。

だって、限界なのだ。もうぎりぎり。これ以上はもたない。あと少しで、崩壊するか、消滅する。

（これは……）

古い家だった。どっしりとした瓦屋根《かわらやね》に、年月を感じさせる古びた砂壁《すなかべ》。隙間のある生垣《いけがき》。いわゆる古民家ってやつだろうか。風情はあるけれど、災害が起きたらぺしゃんこになりそうだ。

門は竹でできていて、木の看板がかけられていた。達筆《たっぴつ》の筆文字で『現代ハウス』と書かれている。その『現代』の上に大きくバツがつけられ、ペンキで『限界』と直されていた。

（ほんとに限界ハウスだ……）

なんだかだめな感じだ。いろいろと。

でも、古いけど大きな家だった。そして庭があって緑に囲まれている。駅から距離はあったけど歩けるくらいで、いちおう都内なのに、東京とは思えないような鄙《ひな》びた空気が流れていた。侘《わ》び寂《さ》びというか。

「風呂トイレ、台所と居間は共用で、共用部分の掃除は当番制。まあ、詳しいことはあとで説明するけど」

門から並んでいる飛び石の上をすたすたと歩きながら、神薙さんが説明する。まだ住むと決めたわけじゃないのに、マイペースな人だった。そのうしろをミキオくんが歩き、僕はとまどいながらついていった。

いまどき玄関が引き戸だ。がらがらっと開けて、神薙さんは奥に向かって声を張り上げた。

「ただいま。ネムタさん、いる？」

（ねむた？）

変わった名前だ。板張りの廊下《ろうか》の途中に階段があるようで、下りてくる足音がした。

「やあ、おかえりなさい」

ひょいと顔を出したのは、三十代半ばくらいの男の人だった。猫背《ねこぜ》で痩《や》せていて、ぺらっと薄い体つきをしている。

「ネムタさん、新しい住人が来たから」

神薙さんがざっくり紹介してくれた。いや、まだ住人になるとは言ってないんですけど。

「ああ、そうなの。こんにちは。ネムタです。眠いに多いで、眠多《ねむた》」

いきなり新しい住人と言われても驚きもせず、眠多さんはにこにこと笑った。垂れ気味の細い目が優しそうな……というか眠たそうな人だ。名前の通りに。

「あ、あの、羽瀬睦月といいます」

僕は名乗って頭を下げた。まだ住むと決めたわけじゃないけど。

（ん？）

その時、眠多さんのうしろにもう一人いるのに気づいた。小さすぎて気がつかなかったのだ。

「ああ、こっちは僕の息子。洵《じゅん》っていうんだ。洵、ご挨拶《あいさつ》しようか」

眠多さんが肩に手をおいて促す。すると、小さな人影がおずおずと姿を現した。

男の子だ。まだ小学校に上がらないくらいだろう。シェアハウスにこんな小さな子がいるなんて。

「僕、シングルファーザーなんだよ。離婚してね」

「そ、そうなんですか」

（え、ここで子育てしてるのか？）

こんな得体の知れない人たちと一緒の家で？

驚いたけど、初対面の人にあまり深くは突っ込めない。男の子は黙ってじっと僕を見上げていた。

何か言わなくちゃ。僕は身をかがめて男の子と目線を合わせた。

「ええと……こんにちは。よろしくね」

しまった。ついよろしくと言ってしまった。まだ住むと決めたわけじゃないのに。

「……」

洵くんは何も言わない。眠多さんの眠そうな目には似ていない、くるんと大きな目をした、かわいい子だった。

「えーと、洵くん？　何歳なのかな」

「……」

反応なし。かわりに眠多さんが「五歳なんだ」と答えてくれた。

（もしかして警戒《けいかい》されてる？）

どうしようかと思っていると、眠多さんが言った。

「ごめんね。洵は人見知りするし、あまり喋《しゃべ》らないんだ。でも喋れないわけじゃないし、耳が悪いわけでもないから。普通に話してくれれば、ちゃんと通じるよ」

「あ…、そうなんですか」

僕が拒絶《きょぜつ》されているわけじゃないらしい。だけど、五歳の子供がそんなに無口で大丈夫なんだろうか。

「眠多さん、いま、仕事忙しい？」

廊下に上がりながら、神薙さんが言った。

「そうでもないけど」

「晩メシ一緒に作ろうぜ。洵も。コロッケ作るからさ」

「コロッケ？　神薙くん作れるの？」

「彼が作れるって」

「へえ、すごいね」

「あ、いえ、そんな」

「じゃ、僕も一緒にやろうっと」

ミキオくんが言って、神薙さんのあとをついて廊下を歩いていく。眠多さんは洵くんの頭にぽんと手をのせた。

「洵、今日はこのお兄さんがコロッケ作ってくれるんだって。楽しみだね」

洵くんは眠多さんの顔を見上げ、僕に視線を移す。その顔が、ぱあっと明るくなった。

きらきらした目が僕を見る。神薙さんが言っていたコロッケが好きなやつというのは、洵くんのことらしい。

(……まだ住むって決めたわけじゃないけど)

とりあえず、コロッケは作ろうと思った。


「あ！　洵、天ぷら鍋に近づいちゃだめだよ。危ないからね」

「……」

「ねえねえ、普通のコロッケだけじゃつまんないよ。もっといろんなの作ろうよ。クリームコロッケとか」

「ええと、クリームコロッケは難しいので……」

「ええー。じゃあチーズとかコーンとか入れるのはどう？」

「コーンはないな。つまみ用のチーズ鱈《たら》だったらある」

(なんだろう、これ)

頭の中で、今日何度目かの自問自答がぐるぐるしている。僕はここで何をやっているんだろう。

「チーズ鱈ってコロッケに入れていいか？」

神薙さんに訊かれて、僕ははっと我に返った。

「え、チーズ鱈？　どうでしょう……」

「ま、いいか。入れちまえ。あ、柿《かき》の種《たね》があるな。これも入れてみよう」

「柿の種？」

「納豆《なっとう》はどうかな。洵が苦手《にがて》だから、食べさせたいんだけど」

「な、納豆？」

「チョコはどう？　デザート的な感じで」

「えっ、それはちょっと」

ぎょっとしている僕にはおかまいなしに、周りの人たちは次々とコロッケのたねに変なものを仕込んでいく。こんな風にみんなで料理をしたことがなくて、僕はおたおたしていた。

広い台所だった。六畳くらいあって中央に作業用のテーブルがあるので、大人数で作業しても窮屈《きゅうくつ》じゃない。外見ほどには設備《せつび》は古くなく、水周りはリフォームされているみたいだった。家の中も思ったよりきれいだ。

僕はスーツのジャケットを脱いでネクタイをはずして、なぜか白い割烹着《かっぽうぎ》を着ている。神薙さんに「これ、使って」と渡されたのだ。

「変わりダネは形変えるか。俵型《たわらがた》がチーズ鱈な」

「じゃあ真ん丸が柿の種」

「よし、納豆を入れてみよう。うわっ、べたべたする。うーん、うまく形ができないな」

「……」

「だ、大丈夫だよ、洵。食べてみたらきっとおいしいから！」

「あの、納豆はつぶして混ぜてみたらどうでしょうか。その方がまとまりやすいと思うので……」

　そういえば居酒屋のメニューに納豆の天ぷらがあった。火を通すと、苦手な人でも食べやすくなる。納豆をコロッケに混ぜようと四苦八苦《しくはっく》している眠多さんに提案してみた。

「あ、そうだね。なるほど、やってみるよ」

　眠多さんはにこりと笑う。その隣で、洵くんはぺったんぺったんとコロッケを成形していた。

「えっと、じゃあ……揚《あ》げましょうか」

　とりあえずコロッケのたねが完成した。バットに用意した小麦粉と卵液《らんえき》とパン粉を順番につけて、天ぷら鍋に投入する。温まった油がはじけ、ジュウウウとおいしそうな音が上がった。

「お、うまそう」

「僕、家でコロッケを揚げるのって初めて」

「あ、待ってください。一度にたくさん入れると爆発するから……最初はあんまりいじらないで」

「わっ、熱い！」

「洵、油がはねるから気をつけて」

　大騒ぎになる。みんな料理にはあまり慣れていない感じだ。だけど台所には、使い込まれた調理道具が揃《そろ》っていた。

「これ、どうすればいいんだ？」

「衣《ころも》が固まってきたら、時々返して……きつね色になったら、引き上げてください」

他の人たちがコロッケを揚げている間に、僕はキャベツを千切りにしてトマトを切った。それだけではなんなので、冷蔵庫にあった萎れかけたほうれん草をおひたしにする。玉ねぎで味噌汁《みそしる》も作った。出汁はインスタントの粉末しかなかったけど。ごはんは炊飯器《すいはんき》で炊いている。

「君、手際《てぎわ》がいいなあ」

感心した顔で、神薙さんが言った。

食事が並べられたのは、広い和室だった。テレビがあって、長方形の立派な座卓《ざたく》が置かれている。廊下は縁側《えんがわ》になっていて、ガラス戸の向こうは庭だった。戸が開いていて、気持ちのいい夜風が入ってくる。なんだか田舎の家の座敷《ざしき》って感じだ。

「おお、すごい。まともな食卓だ」

ずらりと並べた皿を眺めて、眠多さんが呟いた。まともかな、これ。

座卓の片側に、神薙さん、ミキオくん、僕が座り、向かいに眠多さんと洵くんが座る。「んじゃ」と神薙さんがひとこと言うと、僕を除く全員がおもむろに手を合わせた。

「いただきます」

あわてて僕も手を合わせた。きちんと手を合わせて「いただきます」と声に出すのなんて、何年ぶりだろう。

「まずはスタンダードなやつから……お、うまい。揚げたてのコロッケってやっぱうまいなあ」

「ん。まあ、悪くはないよね。揚げ物って太りそうだけど」

「おまえはもう少し肉つけた方がいいだろ、ミキオ」

「おいしそうだね、洵」

みんなでいただきますをしても、洵くんはやっぱり声を出していなかった。だけどコロッケを見つめる顔が嬉しそうだ。

小さな手で一生懸命に箸《はし》を使い、あーんと口を開けて、洵くんはコロッケを頬張った。

「……！」

何か言ったわけでも、大げさなリアクションをしたわけでもない。でも、ふくらんだほっぺたが紅潮《こうちょう》して、見ひらいた目がきらきらと輝いた。

「お……おいしい？」

思わず向かいから声をかける。洵くんは僕に向かって、こくんと頷いた。

それから、笑った。

目元がほころんで、唇がにっこりしただけだ。でも、心からおいしいって思ってくれているのがわかる笑顔だった。言葉を口に出さない洵くんだから、なおさら。

（わ。……なんか）

胸の内に、じわっとあたたかい気持ちが広がった。

なんか、嬉しい。

すごく嬉しい。

自分もコロッケをひとつ取って、食べてみる。揚げ具合はちょうどよく、衣がさくさくだ。中身はチーズ鱈入りだった。ちょっと塩気が強いけど、チーズがねっとりしていて、食べたことのない感じだ。

塩気が強いので、ごはんを口にいれる。それから、味噌汁を飲む。味噌汁を飲んだのはひさしぶりだった。出汁はインスタントだけど、あたたかさと味噌の香りに、ほっと肩の力が抜けた。

（……おいしい）

「納豆入り、意外にうまいな」

「柿の種はどうだろ。微妙……。これ、洵にはちょっと辛いんじゃない？　歯ざわりはおもしろいけど」

神薙さんの言うとおり、納豆入りもおいしかった。どんどんごはんが進む。キャベツとトマトで口をさっぱりさせて、またコロッケを頬張る。

（おいしい）

そんなにお腹がすいていた自覚はなかったのに、食べ始めると、止まらなくなった。

不思議だった。このところ、どんなに疲れても、おなかがすいていても、ちっとも食欲が湧かなかったのに。何を食べても、おいしいって思わなかったのに。

「やっぱり揚げたてはぜんぜん違うなあ。洵、納豆入りも食べてごらん。そんなに納豆の味しないから」

「……」

「いろいろ入れるとおもしろいな。また作ろうぜ」

「揚げものってビールが進むよねえ」

食欲が湧くのは、この食卓の雰囲気のせいかもしれない。さっき田舎の座敷みたいだって思ったけど、本当に子供の頃に行っていたおばあちゃんちみたいだ。畳の部屋で、大きな座卓の上に食べ物がいっぱいで、大人も子供もいて、縁側の向こうは緑の庭で。

「仁さん、ビール飲まないの？」

「いや、今日は昼間に飲んじまったし、まだ仕事するから」

「えー、いいじゃない。ビールなんかじゃそんな酔わないでしょ」

「誘惑するなよ」

ミキオくんと神薙さんはじゃれるように言い合いをしている。洵くんはぱくぱくとコロッケを食べ、眠多さんはにこにことそれを眺めている。

僕はコロッケ、ごはん、味噌汁、野菜、コロッケ、ごはん……と機械的に箸と口を動した。ほとんど無心になっていた。なんだか本能だけで動いてるって感じがする。そんな感じはひさしぶりだ。

「あー、食った食った」

神薙さんが後ろ手をついて天井に向かって息を吐いた時には、僕の前の食器もすっかりからになっていた。

（……食べた）

ちょっと、放心する。

「――ごちそうさまでした」

自然に、口をついて出た。からの食器に手を合わせる。

神薙さんは縁側に移動してあぐらをかく。のんびりした口調で、僕に言った。

「腹はいっぱいになったか？」

「あ…、はい」

無愛想《ぶあいそう》だけど、不精髭だけど、気遣われているのがわかった。

「ひさしぶりに、食べた、って気がしました」

「そう。そいつはよかった」

ふっと目元をゆるめる。

「しっかり食べて、しっかり眠れば、明日になれば風も変わるよ」

笑うと急に、優しい顔になった。サングラスをして苛々と怒鳴っていた時にはわからなかったけど。

目尻にかすかに浮かぶ皺《しわ》のせいかもしれない。年齢のせいというよりは、それなりに苦労《くろう》してきた人なんじゃないかって気がした。

「……はい」

僕は頷いた。大げさかも知れないけど、命を助けてもらった、と思った。

線路に落ちた僕を助けてくれただけじゃない。ここに連れてこられて、みんなでごはんを作って食べたことで、命拾いをした。ただごはんを食べただけ。おなかがいっぱいになっただけ。それだけで、生き返った。生き延びた。

「君、会社がブラックなんだろ。やめる決心はついた?」

「それは……」

正直、やめたい。もう会社には行きたくない。

でも、やめてどうすればいいんだろう。やめたらアパートの家賃だって払えなくなる。いや、もうアパートには帰りたくない。督促状が怖い。だけどどこに逃げたらいいんだ? 逃げたって、きっと借金は追いかけてくる。仕事をやめたら、払えない。

ぐるぐる考えても、答えは出ない。何も答えられず、僕はただうつむいた。

すると、神薙さんが言った。世間話みたいな軽い口調で。

「君さ、ここでアルバイトしないか? って言ってもバイト代は出ないけど」

「え?」

僕は顔を上げた。

「ここは昔、俺のばあさんが下宿屋《げしゅくや》をやってたんだよ。じいさんが死んじまって、部屋も空いてるし暇だからって。その時の名前が『現代ハウス』。ばあちゃん的には洒落《しゃれ》た名前だったらしい」

「はあ」

だから調理道具が揃ってるのか。

「俺は大学生の頃からここに住んでるんだけど、昔は学生がたくさんいてにぎやかだったな。でも、いまはこういう下宿に住みたがる奴は少ないからな。だんだん下宿人が減っていって、ばあちゃんが亡くなって……継いだうちの親が、好きにしていいって」

「そうなんですか」

『現代ハウス』。それを『限界ハウス』に書き換えたのは、ブラックなジョークなんだろうか。

「で、しばらく一人で住んでたんだけど、いつのまにかまた人が増えてさ」

眠多さんと洵くんの方に顔を向ける。洵くんはおなかがいっぱいになって眠くなってきたのか、とろんとした目をしていた。

「眠多さんは奥さんに逃げられて子供を一人で育てて、本業は一応作家なんだけど、まあ売れない作家だよな」

「おっしゃる通りです」

逃げられたとか売れないとか、さんざんな言われようだけど、眠多さんはにこにこと頷く。

「ミキオは恋人にDVでボコボコにされて道端に倒れてたところを、俺が拾った。職業は……水商売かな」

「仁さん、はっきり言っていいよ。デリヘルだって」

（デ、デリヘル……）

デリバリーヘルスのことかな。ええと、女性相手に体を売ってるってこと？　いや、もしかして相手は男性なのか？

「ちなみに僕、Mだから。羽瀬くん、ひと晩買ってみる？　言っとくけど、僕は高いよ」

ぞっとするような色気のある流し目をくれて、ミキオくんが言った。

エム、M……、とぼんやり考える。二秒後に意味がわかって、かあっと赤面した。ミキオくんはにやにやしている。

「で、もうひとり八須賀《はちすが》さんってのがいて、パチプロやってる」

パチンコで生計を立てているってことだろうか。それで食べていけるものなのかな。よく知らないけど。

「そんな感じで、なしくずしにシェアハウスって形になったんだ。いまは光熱費込みで家賃を受け取ってる。で、下宿屋やってた時にばあちゃんが決めたルールってのがあって」

「ルール？」

「そう。食事はできるだけみんなで一緒にとるべし、っていう。それさえやってれば、たいがいのことは乗り越えられるからって」

ちょっと、わかる気がした。

「でも見ての通り、まともに料理できない奴ばかりだからな。俺らはまあいいんだけど、洵がいるからなあ」

たしかに、これからどんどん成長していく洵くんには、ちゃんとした食事が必要だろう。けれどさっきの様子からして、この人たちにまともな食育ができるとは思えない。食事以前の問題な気もするけど。

「で、だ」

神薙さんは体をこちらに向けて、僕を見た。

「羽瀬くん、うちで食事係をやってくれないか？　朝と昼はばらばらだから夜だけでいいし、休日はやらなくていい。大人数分で大変だから、いる奴が手伝う。ついでに俺らに料理を教えてくれると助かる。代わりに、家賃と光熱費はなしってことで」

「え……」

家賃、光熱費なし。それなら会社をやめても、しばらくは貯金で食いつなげる。とりあえずは督促状を見なくてすむ。

「でも……」

すぐには答えられず、目を逸《そ》らした。からになった食器の数々が目に入る。

（……売れない作家にデリヘルボーイにパチプロ、か）

言っちゃ悪いけど、まともな仕事とは言えない。〝普通の世間〟から転がり落ちたような人たちばかりだ。

だけど、たしかにみんなで作って食べるごはんはおいしかった。救われた。それに、ここにいる人たちはみんな元気そうだ。世間から転がり落ちても、あんがい平気そうに生きている。

（そういや神薙さんって何してる人なんだろ。納期がどうとか言ってたけど……）

その時ふっと脳裏に浮かんだのは、駅の救護室で目を覚ます前に見ていた、夢の風景だ。ずらりと並ぶ、たくさんの事務机。モニターの中を整列して進んでいく文字。追い立てられるように前に進み、崖から落ちていく。

ぞっとした。

あれは僕がいた場所だ。僕の中の風景だ。

仕事だけでいっぱいいっぱいで、ただ目の前のことをこなすことしか考えられず、仕事にやりがいもなく、楽しみもなく、友達だと思っていた相手に裏切られ、気がつくと線路に飛び込もうとしていた僕の。

恐怖心が湧き起った。もうあそこに戻りたくない。

「晩メシ以外は好きにしてていいから、転職活動もできるだろ。ていうか、君はちょっと休んだ方がいいよ。いったん休んで、食って寝てりゃ、そのうち気力も湧いてくるさ」

「……あの……」

心臓がどきどきして、胸の底が熱くなった。

僕はこれまで、普通に、無難に生きてきた。普通でいれば、嫌われない。世間並でいれば、世間並程度にはしあわせになれる。

だから多少のことは我慢しなくちゃいけない。嫌だなんて、できないなんて言ったら、自分の存在価値がなくなってしまう。仕事があるだけで、友達がいるだけでありがたいんだ、文句を言っちゃいけない、って。

(だけど)

もう——限界だ。

「僕……もう会社には行きたくありません」

ぎゅっと拳《こぶし》を握った。

「だから、やります、食事係」

　思いきって口に出すと、すっと呼吸が楽になった。

「よし。決まりだな」

　神薙さんがにっと笑った。

「僕も助かるよ。よろしくね、羽瀬くん」

「ま、しょうがないよね。仁さんが決めたことだし」

　口々に言う眠多さんとミキオくんに、よろしくお願いしますと頭を下げる。

「空いてるのは階段上がってすぐの右側の部屋だから。布団は押入れに入ってる。ミキオ、風呂やトイレ教えてやってくれよ」

「はあーい」

「掃除当番なんかのことはミキオか眠多さんに聞いてくれ。じゃあ、俺はまだ仕事があるから」

　神薙さんは立ち上がる。思いきって訊いてみた。

「あの、神薙さんって、なんの仕事してるんですか」

「ああ、俺はグラフィックデザイナー。フリーの」

「デザイナー……」

「つってもチラシとかの安い販促物《はんそくぶつ》を作って日銭を稼ぐ、底辺のデザイナーだけどな」

　自嘲《じちょう》した笑みを浮かべる。自分の食器を持って、神薙さんは部屋を出ていった。

（よかった。神薙さんはまともな仕事だ）

「僕も洵をお風呂に入れないと」

半分寝ちゃってる洵くんを立たせながら、眠多さんも立ち上がった。

「お風呂、先にもらうね。羽瀬くん、ミキオくん、おやすみなさい」

「あ、おやすみなさい」

「おやすみー」

ミキオくんはひらひらと手を振る。眠多さんたちがいなくなると、急に部屋をだだっ広く、静かに感じた。

「えーと……後片づけをしないと」

僕も立ち上がろうとした。

と、目の前にドンと何か重いものが置かれた。目を瞬かせる。ウイスキーのボトルだ。

「じゃあ、これからあんたの歓迎会《かんげいかい》をやろうか」

ミキオくんが、ボトルを手に僕を見た。ねっとりとした目で、歓迎されているようには見えない。

「え、あの…」

「あんたがなんでここに来ることになったのか、仁さんとどういう関係なのか、じっくり聞かせてもらわないとね」

「いえ、あの、僕は…」

「せっかく歓迎してあげてるのに、飲めないって?」

(うっ)

なまじ綺麗な顔だけに、睨まれると怖い。ふたたび蛇に睨まれた蛙になって、僕は震え上がった。

そこから先のことは、よく覚えていない。

翌朝、濁《にご》ったヘドロの沼《ぬま》から浮き上がるように、僕は目を覚ました。頭が痛い。まるで目の粗いヤスリで脳みそをざりざりと削られているみたいだ。

アルコールはあまり強くなかった。大学や会社の飲み会でむりやり飲まされ、つぶれてしまったことが何度かある。どうやら僕は泣き上戸《じょうご》らしい。酔うと弱音を吐いたり愚痴《ぐち》を言ったりして、しまいには泣き出してしまうのだ。だから飲み過ぎないよう注意していたんだけど。

「うー……」

この頭痛は明らかに二日酔いだ。昨日はどうしたんだっけ…と考えながら、寝返りを打った。

何かにぶつかった。

「ん…？」

重い瞼《まぶた》をこじ開けると、目の前に虎《とら》の顔があった。

「ひッ」

一瞬で目が覚めて、バッと飛びすさる。

とたんにガンと脳天に痛みが走って、僕は頭をかかえてその場にうずくまった。

「い、いたた……」

頭が鐘になったみたいだ。動くとガンガンと反響する。収まるまで、目をつぶってじっと耐《た》えた。

（ええと、昨日は……）

会社で飲みに連れていかれたんだっけ。いや、違う。昨日は会社を早めに出たんだ。そしたらホームで桐谷の母親から電話がかかってきて……桐谷……借金……五百万――嘘。

すうっと血の気が引き、そのショックで昨日のことを思い出した。

そうだった。僕はホームから電車に飛び込んだんだ。それで居合わせた男に助けられ、その男が暮らすシェアハウスに連れてこられて、コロッケを作らされて……

薄目を開けて、あたりを窺《うかが》った。

僕が寝ていたのは、八畳ほどの部屋だった。カーペットの床にふとんが敷かれている。昨晩、自力でこの部屋にたどりついたのか、自分でふとんを敷いたのか、よく覚えていない。どうやらミキオくんにずいぶん飲まされたらしい。

僕はおそるおそる身を起こした。

「……」

虎は、たしかにそこにいた。でももちろん本物じゃない。虎のイラストがプリントされたシャツだ。黒いシャツの胸から腹にかけて、妙にリアルな虎の顔がでかでかと描かれている。

（……大阪のおばちゃん……？）

その大阪のおばちゃん的シャツを着ているのは、男だった。ふとんに大の字になって眠っている。中年の一歩手前くらいの男だ。細身で、頬のこけたシャープな顔立ちをしている。眠っているのに、なんだか顔が苦み走っていた。

そしてひたいから眉を横切ってこめかみにかけて、ざくりと大きな傷痕《きずあと》があった。刃物で切ったような。髪をオールバックにしてひたいを出しているので、はっきりと見える。

「――」

投げ出された手に小指がないのを確認して、僕はずるずると尻で後ずさりした。

（今度こそ本当にヤクザだ……）

どこからどう見ても、立派なヤクザだった。ヤクザ以外の何物でもない。

（逃げなくちゃ）

その時になって、自分がアンダーシャツにトランクスという下着姿なことに気づいた。これも自分で脱いだのかどうかわからない。あたりを見回して、床に落ちているワイシャツを見つけた。急いではおる。スラックスは…と探すと、ヤクザ男の下敷きになっていた。

「……」

男はかすかにいびきをかいている。かなり深く眠っていそうだ。男を起こさないよう、僕はスラックスの端をつかんでそろそろと引っぱった。

「う……」

男が低く唸《うな》った、肝《きも》が冷える。

ずるずると少しずつ引っぱって、あと少しというところで引っかかった。ベルトだ。ベルトの金具が引っかかっている。このままむりやり引き抜いたら、男を起こしてしまうだろう。

おそるおそる膝で近づく。男のシャツを少しだけ持ち上げて、なんとかベルトを引き抜こうと思った。

が、脇腹《わきばら》のあたりのシャツに指先が触れたとたん、

「……にしやがんだてめええっっ！」

いきなり男が怒鳴りながら跳ね起きて、僕は文字通り跳び上がった。

（ひいいいっっ）

「すすすいませんっっ！」

脱兎《だっと》のごとく逃げる。虎に吠えられた兎みたいに。

そして引き戸を開けて廊下に出ようとしたところで、敷居につまづいて派手にすっ転んだ。

ズダーン、と建物中に響きそうな大きな音がする。

「なんだ、どうした？」

向かいの戸が開いて、驚いた顔で人が出てきた。昨日僕を助けてくれた、神薙さんだ。

「か、神薙さ……」

手を伸ばした僕の鼻先に、ひらっと小さな紙片がすべり込んできた。窓が開いているらしく、風で神薙さんの部屋から飛ばされてきたのだ。

（なんだ？）

ぱちりと瞬きすると、女の子の写真がアップで目に入った。肌色の多い、半裸状態の。

「うわっ!?」

僕はぎょっとして身を起こした。

女の子は小さな下着だけを身につけ、フードのついた赤いマントをはおっている。うしろに擬人化された狼のイラストが描かれていた。

ティッシュに入って配られているような小さな紙だ。色調は全体的にピンクで、60分いくらとか、ロリータから人妻までとか、赤ずきんちゃんご用心とか、いろいろ扇情的《せんじょうてき》なコピーが踊っていた。いわゆるピンクチラシだ。

「な、なん…」

そんなピンクなチラシが何枚も、風に吹かれてはらはらと舞っている。桜吹雪みたいに。

「あ、ごめん、それ俺の仕事」

なんでもない顔で、神薙さんが言った。不精髭がさらに濃くなっている。

（神薙さんの仕事って……）

「ああ？　仁、なんだよ、こいつ。誰？　俺のふところに手ぇ突っ込もうとしやがって」

「ああ八須賀さん。いや、新しい住人で……」

部屋から出てきたヤクザな男に、神薙さんが返す。僕は驚いて振り返った。

八須賀さん？　この人が？

「つか、なんでその部屋にいるんだ？　八須賀さんの部屋、隣だろ」

「あ？　ああ、間違えたわ。で、新しい住人だって？」

「そうなんだ。昨日……」

僕を挟んで二人は平然と話をしている。その真ん中で、僕はピンクチラシに囲まれて座り込んでいた。

(なんなんだよ、もう……)

前門の虎、後門の狼。

二日酔いの頭痛と眩暈《めまい》と、昨日までのストレスと今日の驚きと明日の不安と。いろんなものがいっぺんにのしかかってきて、僕はぐったりとうなだれた。

やっていけるんだろうか、僕、ここで。

3

思い返せば、物心ついてからずっと、朝というのはどこかに行かなくちゃいけない時間だった。休みの日以外は。

(天気いいな……)

梅雨が明けたばかりの空は、夏本番の眩《まぶ》しさだった。今日は暑くなりそうだ。

僕は駅に向かう道を歩いていた。商店街の店はまだほとんど開いていないけど、歩いている人は多い。みんな駅に向かって足早に歩を進めている。

少し前までは、僕もその中の一員だった。朝起きたら、あたりまえに会社に行かなくちゃいけない。空なんて見る余裕はなく、分刻みの電車に乗り遅れないよう、ただ黙々と歩いていた。

駅舎が見えてくると、少しずつ僕の足はゆっくりになった。

通勤客は次々と駅に吸い込まれていく。みんな僕を追い越していく。ぎこちなくのろのろと動いていた僕の足は、改札を前にして、とうとう動きを止めた。

どくんどくんと心臓が鳴る。

昨日も、そうだった。朝、起きることはできる。駅に行くこともできる。でも、改札をくぐれない。次々とやってくる電車、人でいっぱいのホーム、発車のベル——そういうものを自動的に思い浮かべてしまい、足が動かなくなる。鼓動が速くなり、息が苦しくなって脂汗が滲《にじ》む。

（——だめだ）

大きく息を吐いた。十分近くその場に立ち尽くしたあと、僕は諦めて踵《きびす》を返した。

（今日もだめだった……）

のろのろと来た道を引き返す。仕事に向かう人たちに逆行して。とてつもなく、自分がだめな人間になった気がした。

会社をやめて、二週間以上がたっていた。

やめてすぐは、退職の手続きや役所の手続きで忙しかった。それに引越しもあった。借金取りに怯《おび》えながらこそこそと荷物をまとめ、大きな家具や家電は処分して、僕は身ひとつに近い状態でシェアハウスに転がり込んだ。ほとんど夜逃げだ。

そうして身の周りがなんとか落ち着いてくると——

朝に会社に行かない生活が、じわじわと怖くなった。

学校とか会社とか、とにかく朝はどこかに行かなくちゃいけない。その習慣は強迫観念《きょうはくかんねん》みたいに身に沁みついている。それに、しばらくは貯金で食いつなげそうだけど、無職期間が長くなるのも不安だ。ほどなくして、僕は求職活動を始めた。

ハローワークに行って仕事を探し、面接の約束を取りつけた。でも——だめだった。

面接で落とされたわけじゃない。そもそも試験を受けることができなかったのだ。

僕は電車に乗ることができなくなっていた。駅の改札を通ろうとすると足がすくんで、一歩も動けなくなる。

退職の手続きは郵送ですませたし、引越しは八須賀さんが軽トラックを借りてきてくれた。役所やハローワークにはバスで行った。だけど電車に乗れないんじゃ、再就職は難しい。

なんとか克服したくて、僕は毎日駅に向かっている。スーツを着て朝に行くのは、そうしないとうしろめたいからだ。誰に対してかはわからないけど。

「はあ……」

でも、やっぱりだめだった。駅から離れて、僕はため息をついた。

このままシェアハウスに帰るのも気が引けて、図書館に足を向ける。このところは毎日通っていた。

新聞を隅から隅まで読んだり、就職に有利な資格について調べたり。疲れると、外に出た。図書館の隣には公園がある。ベンチに座って、ただぼーっとした。

公園には夏の始まりを感じさせる陽光が降り注いでいた。子供たちが遊具や砂場で遊んでいる。もうすぐ夏休みだ。あの頃はよかったなあ…とぼんやり眺めた。

仕事をやめて、ほんとによかったんだろうか。あの時はとにかく会社に行きたくなくて、督促状から逃げたくて、一時的にはすごく開放感があったけれど。

(売れない作家にデリヘルボーイにパチプロ。加えてピンクチラシ専門のデザイナー、か)

我に返って落ちついてくると、どんどん不安が増してくる。あのシェアハウスにいて、僕は大丈夫なんだろうか。

でも、ぼんやりしているとだんだんおなかがすいてきた。気づくと、もう昼を過ぎている。働かざる者食うべからずと言うけれど、働いていなくてもおなかはすく。ますます気が滅入る。

ちょうど少し先にファミリーレストランがあった。ほんとは節約しなくちゃいけないけど、暑くて喉も渇いていたので、僕は吸い寄せられるように店に入った。

二人席に案内されて、席につく。「いらっしゃいませ」と声がしてお冷やのグラスが置かれたところで
「あれっ」

と店員の声のトーンが変わった。

「羽瀬くんじゃない。こんなところでどうしたの？」

顔を上げて、僕は目を見ひらいた。

「眠多さん……」

蝶《ちょう》ネクタイの制服を着た眠多さんが立っていた。

「僕、ここでアルバイトしてるんだよ。小説だけじゃ食べていけないからね」

「そ、そうなんですか」

返しに困る。気にしない様子で、眠多さんは微笑んだ。

「これからお昼？　僕もこれから食事休憩《きゅうけい》なんだ。よかったら一緒に食べない？　おごるよ」

「あ、僕、自分で払いますから」

「いやいや。いつもおいしいごはんを作ってもらってるからね。お礼に」

本職で食べられなくてバイトしている人におごってもらうのは悪いと思ったけど、一緒にランチを食べることになった。蝶ネクタイをはずした眠多さんと、向かい合わせに座る。

眠多さんは昼間はここで働き、バイトが終わったら洵くんを幼稚園に迎えに行き、夜は家で小説を書く、という生活をしているんだという。

「一人で子育てって大変そうですね……」

想像しかできないけどしみじみと言うと、眠多さんはにこりと笑った。

「今はずいぶん楽だよ。みんなが手伝ってくれるし、羽瀬くんが来てくれたおかげで食事も充実してるしね。お弁当まで手伝ってくれて、本当に助かってるんだ。いつもありがとう」

「あ、いえ。ついでですから」

洵くんが幼稚園に持っていくお弁当は僕の仕事じゃないけど、最近は夕飯を作るついでにちょこちょこと下ごしらえをしていた。ハンバーグのタネを味を変えてミートボールにしたり、おかずをカップに詰めて冷凍したり。そういう技は、図書館でレシピ本や主婦向け雑誌を見て覚えた。あんがい楽しい。洵くんがきれいに食べてくれると、嬉しかった。

「あの、でも……洵くん、大丈夫なんですか？」

なんとなく声をひそめて訊いた。眠多さんは首を傾げる。

「その、八須賀さんですけど」

「……ああ！」

最初わからなそうな顔をしていた眠多さんは、ふわりと笑顔になった。笑うと糸目《いとめ》が垂れて、いっそう柔和な顔になる。

「八須賀さん、ああ見えて優しい人だよ。洵ともよく遊んでくれるし」

「そうなんですか？　でも、あの……元ヤクザ、ですよね？」

たしかに、左手の小指がなかった。はっきりと見た。

「うん。僕が会った頃はヤクザだった。そのあと足抜けしたんだけど……」

チキンソテーにナイフを入れた手をちょっと止めて、眠多さんは遠くを見るような顔になった。

「でも、僕たちを助けてくれたのは八須賀さんなんだよ。あのままだったら、僕も洵も危なかった」

「どういうことですか？」

八須賀さんとは、まだあまり喋ったことがない。僕が忙しかったのもあるけど、留守がちな人だし、やっぱり怖いし。だけど洵くんとゲームをしているのを見たことはあった。真剣な顔で子供とゲームして、勝ったの負けたのと騒いでいた。

「八須賀さんって、以前は借金取りだったんだ」

「っ」

僕は思わずランチセットのスープにむせた。

借金のことは、常に頭にある。夜逃げ同然に引っ越して、携帯電話の番号も変えて、今は借金取りは僕の方へは来ていないけど、それだけで逃げられるはずがないことはわかっていた。このままじゃ住民票も動かせない。

「僕ねえ……奥さんに逃げられて、仕事はうまくいかないし、子育ては大変だしで、にっちもさっちもいかなくなって。親は田舎で年金暮らしで頼れないし」

「た、大変ですね…」

「どうしようもなくなって、キャッシングに手を出したんだ。でも返せなくて、またほかのところで借りて……そんなことをしてるうちに、病気が見つかっちゃって」

常に眠たそうな顔で話すけど、内容はけっこうヘビーだ。

「治療《ちりょう》にお金がかかるし、働けないいし。もうだめだって絶望して――洵をおいて死のうとしたんだ」

「えっ――」

僕は絶句した。

「酷いよね。親として最低だよね。でもあの時は、それが洵のためだと思ったんだ。こんな父親はいない方がいい、施設《しせつ》に引き取られた方がちゃんと育ててもらえる——いま思えば、だいぶ精神がやられてたんだと思う」

「……」

　心がやられてしまった状態は、僕にもわかる。追いつめられて、他の道なんて目に入らなくて、それしかないって思い込んでしまうのだ。

「何より、洵がほとんど話さなくなったのが悲しくて……父親失格、人間失格だって思った。で、夜中にこっそりアパートを出ようとしたら」

　八須賀さんが、ドアの前で待ち伏せしていたんだという。

「八須賀さんは取り立て屋だったんだけど、その日は僕の様子がそうとうおかしかったらしくて、こりゃまずいと思ったって。ヘタしたら子供と無理心中《むりしんじゅう》だって、ずっと部屋の前で見張ってたらしい。そういう人間はたくさん見てきたからって」

　限界、と僕は思った。きっと眠多さんも限界だったんだろう。守らなくちゃいけない子供がいるぶん、僕よりずっとぎりぎりまで耐えたに違いない。

「僕、八須賀さんに殴られたんだ」

　細い目を泣きそうに歪《ゆが》ませて、眠多さんは笑った。

「あんた一人なら自業自得《じごうじとく》だけど、子供をおいていくのは人でなしだ、そんな人じゃないものになるつもりなのか、子供を人でなしの子にするのか、って」

それでようやく目が覚めた、と眠多さんは言った。

「それから、あの家に連れてってくれたんだ。八須賀さんと神薙くんはパチンコ屋で知り合ったみたい。その頃は神薙くん一人だったんだけど、洵と二人で転がり込んで、あったかいごはんを食べさせてもらって、ふとんを敷いてもらって……」

するとと、ぽろぽろ涙が出てきた、という。

「そしたらね、洵がぎゅうっと抱きしめてくれたんだよ。小さい体で、しがみつくみたいに。もしかしたら、僕がいなくなろうとしてたのがわかったのかもしれない」

「……」

「ようやく我に返ったよ。僕はなんてことをしようとしてたんだろう、洵だけはこの手で守らなくちゃいけないのに、って」

それからは、病気の治療をして生活を立て直すことに必死になったという。借金取りだった八須賀さんは、借金を整理するのを手伝ってくれたんだそうだ。何しろその道のプロだからね、と眠多さんは笑った。

「弁護士に依頼して過払《かばら》い金を整理して、返済プランを立てて。いまもまだ返済してるけど、あの家に住んでるおかげで家賃も食費もだいぶ浮いてるから、なんとか返せそうだよ」

「そうですか……。体の方は大丈夫なんですか?」

「うん、おかげさまで。二人が洵の面倒を見てくれたおかげで、入院して手術《しゅじゅつ》できたからね。いまはほぼ健康体《けんこうたい》だよ」

「よかったです」

眠たそうなのんきな顔からは想像できない修羅場《しゅらば》に、僕はそう言うのがやっとだった。

八須賀さんがヤクザを足抜けしてシェアハウスに来たのは、そのすぐあとだという。

「金貸し業が嫌になったって言ってね。もともとヤクザになったのも、喧嘩《けんか》して行き倒れていたところを組長さんに助けてもらったかららしいし。ひたいの傷痕はその時のなんだって。で、小指を落として組を抜けたんだけど、小指がないから仕事がなかなか決まらなくて……決まっても、同僚に怖がられて自分からやめちゃったり。今はパチプロしながら仕事を探してる」

「はあ…」

二人ともへビーな人生だ。サラリーマンだった頃の自分なら、遠い世界の話だって思っただろう。でも、いまはすぐそこにあるって知っている。足の下の板一枚踏み外したら、すぐそこに。

「羽瀬くんも、何かワケありなんでしょ?」

軽く首をかしげて、眠多さんは微笑んだ。

「神薙くん、そういう人は放っておけないからね。不思議とそんな人が集まっちゃうんだよ」

僕は黙ってうつむいた。

「大丈夫。神薙くんが言ってたみたいに、よく食べてよく寝て、よく休むといいよ。そうやってとにかく生きてたら、絶対に次の道が見えてくるから」

そうかな。本当にそうだろうか。

食べかけのランチセットに視線を落とす。たしかに、みんなで食べるという決まりのおかげでちゃんと食事がとれていて、体調はよくなってきた。よく眠れるようにもなった。

でも、問題は何ひとつ解決していない。僕の場合、借金を整理したとしても、自分が借りたんじゃない金を払わなくちゃいけないことに変わりはない。払おうにも、就職できなくちゃどうしようもない。

そろそろ眠多さんの休憩時間が終わりだったので、僕たちは席を立った。ごちそうさまでしたとお礼を言って、店を出る。

外に出ると、陽はまだ高かった。平日の午後に住宅街をスーツで歩いていると、やっぱり身の置きどころがない気持ちになってくる。

僕は再び駅に足を向けた。人が少なければ、ラッシュ時で次から次へと電車が来るんじゃなければ、乗れるかもしれない。そう思って改札の前に立ってみたんだけど——

やっぱり、乗れない。改札を通ることもできない。

意気消沈《いきしょうちん》して、踵を返す。すると、後ろから軽く肩を叩かれた。

「神薙さん……」

振り返ると、神薙さんが立っていた。初めて会った時みたいにサングラスをかけている。

「就職活動か？」

「あ、えーと……神薙さんはお仕事ですか？」

ついごまかしてしまった。いま改札を出てきたんなら、僕が改札の前をうろうろしているのを見られたかもしれない。

「ああ、知り合いの事務所に行ってたんだ。仕事請《う》け負《お》ったり、そこの機材を使わせてもらったりしてるから」

言いながら、神薙さんはサングラスをはずした。

じっと僕の顔を見る。神薙さんの視線は怖い。優しくて面倒見のいい人だっていまはわかってるけど、でもどこか怖い。優しいだけの人じゃない気がする。

いたたまれなくて、視線を逸らした。神薙さんは歩き出して、僕の横を通り過ぎようとする。すれ違う時、ぽんと、背中に軽い感触を感じた。大きな手のひらの感触。喝《かつ》を入れるとか前に押し出すとかじゃなくて、さらっと気楽な感じで。

焦るな、って言われている気がした。

「スーパー寄ってこうぜ。今日の晩メシ、なに？」

「あ、えっと、まだ決めてなくて……」

「リクエストしていいか？　餃子《ぎょうざ》、作れる？」

「つ、作れます！」

背中を追って駆け出しながら、付け加えた。

「一緒に作ってもらえるなら」

「いいよ。みんなで作ろうぜ」

振り返って、神薙さんはにっと笑った。

帰ると、八須賀さんとミキオくんが居間で言い争いをしていた。

「おまえはオレの楽しみを奪ったんだよ！」

今日の八須賀さんは蛇柄のシャツだ。今日も苦み走っていて目つきが悪い。

「そんなに楽しみだったんなら、食べられないよう名前書いとけばいいでしょ」

対してミキオくんは花柄のシャツだった。男だけど花柄がよく似合っている。

「人のもん勝手に食べる方がおかしいだろうが！」

「洵のだと思ったんだよ」

「子供のもの取るとか、おまえは鬼か！」

「あとで買って返すつもりだったんだよ。眠多さん優しいから、きっと許してくれるもん」

（ええと……）

廊下に立って、僕は困惑した。どうやら八須賀さんのものをミキオくんが食べちゃったらしい。

凄んでいる八須賀さんは子供が泣き出しそうなくらい迫力があるけど、ミキオくんはしれっとしていた。

「うるせえなあ。八須賀さん、何食べられたんだよ」

「……リン」

神薙さんが割って入った。

「え？」

そっぽを向いてぼそりと、決まり悪そうに八須賀さんは言った。

「プリン」

思わず、僕は小さく吹き出してしまった。あわてて顔を引き締めたけど、もう遅い。

「おまえ、いま笑ったな！」

「わ、笑ってません」

「いや、笑った！　オレは見た！」

「そりゃ八須賀さんみたいな怖い顔してプリンとか、笑えるに決まってるでしょ」

「ミ、ミキオくん」

「顔は関係ねえだろ顔は！　オレはプリン好きなんだよ！」

「あ…あはは」

だめだ。悪いけど笑ってしまう。顔を真っ赤にして怒鳴る八須賀さんはひたいの傷も形無しで、しかも眠多さんの話を聞いたあとだから、もう怖いとは思えなくなってしまった。

「あの、プリン、買ってきましたよ。洵くんのおやつにって思ったんだけど」

僕はスーパーのレジ袋から四個入りのプリンを取り出した。八須賀さんの顔がパッと輝く。

「お、ラッキー。食っていいか？」

「いいですけど……でも、これから晩ごはん作りますよ。今日は餃子です」

「なに、餃子？　うーん、それは腹を空けとかねえと」

「餃子、みんなで作るぞ。ミキオも手伝えよ」

「はあーい」

「じゃあプリンはデザートにするか。ミキオ、今度は食うなよ」

「だから名前書いておいてってば」

また大勢で台所に立つ。大量のキャベツ、ニラ、にんにく、しょうがをみじん切りにした。大人数だと量も多いけど、みんなでやればあっという間だ。

「オレ、にんにくたっぷりな！」

「洵のはひかえめにしないと」

「ねえこれ、スイーツにしても絶対おいしいよね」

案の定、みんないろんなものを混ぜ込もうとする。塩辛《しおから》だの、ポテトチップスだの、ジャムだの。もう諦めて、普通の餃子を作った上で、入れたいものは自由に入れてもらうことにした。

「ただいま。にぎやかだね。今日は何を作ってるの？」

途中で眠多さんと洵くんも帰ってきた。二人も合流して、一緒に作る。トレイに大量の餃子が次々と並んでいった。

「こうやってあんをのせて、ふちに水をつけて」

「……」

「ひだを作ってくっつけるんだよ」

洵くんはものすごく真剣な顔で餃子を作っていた。やっぱり喋らないけど。

焼くのは居間でやった。ホットプレートにぎっしり並べて焼き、裏返して小麦粉入りの水を入れて蓋《ふた》をする。みんな、期待に満ちた顔で水蒸気で曇《くも》るガラス蓋を見守っていた。

「そろそろいいかな…。じゃあ、開けます」

えいっと蓋を持ち上げると、ジュワワワとおいしそうな音がいっそう大きくなり、ふわあっと蒸気が立ち昇った。

「うまそう」

「おおおー」

「ホットプレートあってよかったな。しばらく使ってなかったけど」

いつも通り、みんなで手を合わせていただきますをする。食べる前にきちんと手を合わせるというのも、下宿屋をやっていたおばあさんの決まりなんだそうだ。

「うおおお、うまい！　羽瀬、おまえ天才だな！」

「え、いえ、みんなで作ったんですから」

「僕、餃子を家で焼くのも初めてだな。あっ、でも待って。にんにく食べちゃったら、このあと仕事できないんじゃない？」

「別にいいじゃねえか。口臭くたって。かえって喜ぶ客がいるかもよ」

「やだよ、そんな客」

「ポテチ、意外にうまいな。ザクザクして」

「あ、ほんとだ。ちょっとタコスみたいですね」

「洵、おいしい？」

眠多さんに訊かれて、洵くんが大きく頷く。僕と目が合うと、にっこりしてくれた。

洵くんはどうして喋らないいんだろう。こんなに素直な子なのに。

きっと僕がまだ知らない理由があるんだろう。ミキオくんも、たぶん僕が想像したこともないような人生を歩んできている。

世間的には、だめな大人たちかもしれない。そしてこの中で、僕が一番だめだ。

今日もだめだった。何ひとつ前に進めなかった。明日もだめかもしれない。

（……でも、まあ）

ごはんがおいしいから、みんながおいしそうに食べているから、まあいいか。こんな単純なことで満足してちゃいけないかもしれないけど。

焦るな。焦るな。背中をぽんと叩いてくれた感触を思い出す。大口を開けて、僕は餃子にかぶりついた。


八月に入り、暑い日々が続いていた。

あいかわらず僕は電車に乗れなかった。なので、いったん求職活動は休止している。あまり自分を追いつめるのはやめようと思って、朝に駅に行くのもやめていた。

とりあえずの仕事は、ごはん作りだ。時間だけはあるので、のんびり散歩しながら買い物している。すると、スーパーマーケットより新鮮《しんせん》で、旬のものが安く買える八百屋や魚屋を見つけた。お店の人は気さくに話しかけてくれて、料理のアドバイスもしてくれる。最初はどぎまぎしたけど、会話をしながら買い物をするのにも少しずつ慣れてきた。

それから古本屋やディスカウントショップを見つけたり、川を見つけたので、おにぎりを作って河原《かわら》で食べたり。よく会う散歩の犬に挨拶するようにもなった。そんなふうにのんびり過ごすのは、就職して以来初めてだ。

（季節や景色って、こんなに鮮やかに変わるんだなあ）

空の色や雲の形が変わったり、蝉の声が時間帯によって違ったり。気づくと住宅地にもけっこう緑があって、咲く花によって風景が変わる。これまではずっと空調の効《き》いたオフィスにいて、自分が季節外れの服装をしていることにある日気づいたりしていたけど、のんびり歩くと季節の移り変わりを肌で感じた。

シェアハウスにも、だいぶ慣れてきた。いつも人がいると落ち着かないかと思ったけど、家が広いせいか、そんなに気にならない。逆に静かな夜に誰かの足音や水を使う音が聞こえてくると、なんだかほっとした。

僕は無職の身で、いまはあまり社会と関わっていない。だけど朝になると「おはよう」って言って、一緒にごはんを食べて、夜には「おやすみ」って言う。それだけで、生活にリズムができる。この世界に繋がっていられる気がした。

そんなふうに過ごしていたある日のことだ。八須賀さんから、アルバイトを頼まれた。

「焼きそば…ですか」

「そう。難しいこたあねえよ。おまえ料理うまいからさ。下ごしらえはあらかじめやっとくし」

近くで開かれる花火大会で、八須賀さんの知り合いが夜店を出すんだという。そこで焼きそばを売ってほしいと頼まれた。

花火大会と聞いて、そういえばあったなあとぼんやり僕は思った。けっこう大きなお祭りで、人がたくさん来るらしい。でも僕は一度も行ったことがなかった。いつも残業だったから。

「毎年手伝ってるんだけどよ、今年は人手が足りなくてさ。途中で交代するから、それまでの間だけでいいんだ。焼きそば作って、売るだけ。簡単だろ？　バイト代出るし」

「でも僕、接客業ってしたことなくて……」

焼きそばを作ることはできるだろうけど、僕に店員が務まるだろうか。人が大勢集まる場所も苦手だし。

「なあに、接客ってほどのもんじゃねえよ。売るのは焼きそばだけなんだしよ。酔っぱらいとか変な客が来たら、オレに電話すりゃ駆けつけてやるから」

「うーん……」

正直、自信はなかった。でもいつまでも引きこもっているわけにもいかない。早く就職できるように、少しでも仕事に慣れなくちゃ。

覚悟を決めて「やります」と頷くと、「よっしゃあ」と背中を叩かれた。第一印象は強烈《きょうれつ》だったけど、慣れると八須賀さんは気さくで面倒見のいい人だ。人見知りをする洵くんがなついているんだから、いい人なんだろう。でもパチプロのほかにもいろいろやってるみたいで、何をやっているのか、いまひとつはっきりしない。

花火大会の当日は、快晴だった。陽が沈んでも雲ひとつなく、これなら花火も綺麗に見えそうだ。

でも僕はそれどころじゃなかった。会場は河川敷で、夜店は土手の上の道にずらりと並ぶ。下ごしらえをしたり手順を確認している間に、どんどん人が増えてきた。提灯《ちょうちん》に灯がともり、スピーカーから音楽が流れてくる。「じゃあ頼んだわ」と八須賀さんがいなくなってしまうと、僕は鉄板の前に一人で取り残された。

屋台に立つなんて生まれて初めてだ。文化祭の模擬店《もぎてん》とかもしたことがない。大丈夫だろうか。僕にできるだろうか。緊張しながら下を向いて焼きそばを焼いていると、屋台の前に人が立った。

「あのー、二つください」

「あっ、は、はい。ええと、マヨネーズかけますか?」

「じゃあ、二つとも」

「はい」

パックに詰めた焼きそばにマヨネーズをかけ、輪ゴムでとめて割り箸を添える。手渡して代金を受け取り、おつりを渡す。

「ありがとうございました」

最初のお客さんをクリアして、ふうと息をついた。これならなんとかできそうだ。

気づくとあたりはすっかり暗く、並ぶ提灯の明かりが遠くまで浮かび上がっていた。見慣れた散歩道がいつもと違って見える。

僕が思っていたよりずっと大きなお祭りで、人出はどんどん増えていた。河原では何かイベントもあるらしい。家族連れ。カップル。友達同士。浴衣《ゆかた》を着ている人も多い。みんな楽しそうに歩いている。

「すいませーん、お箸もう一本もらえますか？」

「ごめん、やっぱひとつはマヨネーズなしで」

「あ、ええと」

「こっち、三つね」

「は、はい。すいません、少々お待ちください」

「一万円でお釣りあります？」

「えーと」

お客さんが多くなってくると、作ってパックに入れてあった分が売り切れてしまい、注文に合わせてどんどん作らなくちゃいけなくなった。一人で作って一人で売るのって、予想以上に大変だ。僕はパニックを起こしかけていた。

そこに、声がした。

「大丈夫か？」

「――わっ」

いきなり神薙さんが現れて、びっくりしてヘラを落とした。

「な、なんで浴衣着てるんですか？」

目を瞬かせる。神薙さんは渋い藍色《あいいろ》の浴衣を着ていた。

「ああこれ。昔ばあちゃんが作ってくれたのがあってさ。八須賀さんが洵のために子供用の浴衣借りてきてくれて、じゃあついでにって。眠多さんも着てるよ」

「へ、へえ」

なんだか知らない人みたいだった。よく似合っている。ついまじまじと見てしまい、目があってあわてて下を向いた。

「忙しそうだな。手伝うよ」

神薙さんはさっと屋台の裏に回ると、僕の隣に立った。

「俺、売るから。羽瀬くんは作る方に専念《せんねん》して」

「は、はい。ええと、じゃあこれ、あちらのお客さんに」

「了解。お待たせしました。はい、おつり。ありがとうございました」

「ふたつくださーい。あの、ひとつは子供用なんで紅ショウガ抜いてもらえますか?」

「紅ショウガ抜きね。マヨネーズは?」

在宅仕事で無愛想な人だと思っていたけど、神薙さんは意外に客あしらいが上手かった。笑顔で愛想をふりまくわけじゃないけど、手際がよくてスマートだ。

「焼きそば買ってく? ちょっと混んでるけど」

「ここにしよ。ほら、イケメン」

「あ、ほんとだ」

浴衣姿の女の子たちが、こそこそきゃっきゃと話しているのが小耳に入って、僕はちらっと隣の神薙さんを盗《ぬす》み見た。

いまはサングラスも不精髭もなくて、髪もさらりと整えている。それだけで普段よりイケメンに見えた。さらに浴衣で、三割増しだ。

初対面の時は怖かったけど、神薙さんはよく見るとけっこう整った顔をしている。どっちかというと、優男顔だ。でも普段は疲れた顔をしているか寝不足の顔をしているかのどっちかで、三割減になっている。

（この人、なんでピンクチラシのデザイナーやってるんだろう）

前に眠多さんから、神薙さんは以前はちゃんとしたデザイン事務所にいて、普通の広告やパッケージのデザインをやっていたと聞いたことがあった。けれどトラブルを起こしてやめてしまったんだそうだ。

「トラブルって？」と訊くと、眠多さんは「僕も詳しくは知らないんだ」とおっとり微笑んだ。

本人には訊けずにいる。誰彼かまわず引っぱり込んで受け入れるくせに、神薙さん自身は、どこか人と距離をおいているところがある。それと気づかないくらいに。

「花火、何時からだっけ？」

「七時だよね。場所取らなくちゃ」

女の子たちが下駄《げた》を鳴らして急ぎ足で去っていく。人の流れは河原に向かっていた。みんな花火を見るために移動しているんだろう。

「八須賀さん、交代しにきてくれるんだろう？」

ひと息ついて、神薙さんはまくっていた浴衣の袖《そで》を下ろした。

「はい。花火が始まる前には交代してくれるって」

「おう、待たせたな！」

タイミングよく八須賀さんが小走りにやってきた。手拭いを鉢巻きにして、足元は雪駄《せった》履きだ。いかにも的屋のヤクザ風だけど、祭りの光景にはこの上なく馴染んでいた。

「仁もいるのか。サンキューな。もういいから、花火見てこいよ。洵たちも来てるんだろ？」

「ああ。河原にいる」

「じゃあこれ持っていきな。これも」

持っていたポリ袋を僕と神薙さんに渡し、さらに売り物の焼きそばをひょいひょいと四つ袋に入れる。僕が受け取った袋には、焼き鳥とたこ焼きのパックが二つずつ入っていた。ずっしり重そうな神薙さんの方には、缶ビールと缶ジュース。盛りだくさんだ。

「お、ずいぶん売れたじゃねえか。助かったぜ。ありがとうな！」

バンと肩を叩かれる。痛かったけど、ひさしぶりの仕事をなんとかやり終え、ほっとした。

「じゃ、花火見にいこうぜ」

「あ、はい」

屋台から出て、ようやく落ち着いて祭りの様子を眺めた。夏の夜闇に、提灯の灯りがどこまでも続いていそうに浮かんでいる。ぼうっと眺めていると、なんだか見知らぬ異世界に迷い込んだみたいだ。それでいて、なつかしい。

「眠多さんたち、どのへんにいるんだっけな」

階段から土手に下りた。花火を待つ人でいっぱいだ。座り込んで飲食している人も多い。

「あ、いた」

土手の中ほどで立ち上がって手を振っている眠多さんを見つけた。浴衣を着ている。足元に洵くんもいた。人混みをすり抜けて合流して、腰を下ろした。

「これ、八須賀さんから差し入れです」

「やあ、ありがとう。こんなに。洵、どれ食べたい？」

子供用の浴衣を着た洵くんは、とてもかわいかった。いつも通りの無口だけど、楽しそうだ。手にしたりんご飴《あめ》と同じ色にほっぺたが上気している。

「洵はお祭りも花火も初めてなんだよ」

「そうなんですか。花火、楽しみだね」

話しかけると、きらきらした目をしてこくんと頷いた。

神薙さんが眠多さんに缶ビールを渡す。僕にも「ビールでいいか？」と一本くれた。

「神薙くんはビールいいの？」

「今日はもう仕事しないから。祭りだしな」

答えて、神薙さんは僕に向かってちらっと苦笑した。

「俺、普段は酒をセーブしてるんだよ。前に体壊したことあってさ」

「あ、そうなんですか」

「まあ、仕事終わった時とか飲んじゃうんだけどな」

そういえば、ミキオくんや八須賀さんは夕飯時にアルコールを口にすることもあるけど、神薙さんは我慢しているみたいだった。体を壊したって、大丈夫なんだろうか。

プシュ、とプルトップを開ける。洵くんはジュースで、揃ってごくりと飲んだ。

「…っ、かー。ビールが沁みるわ」

感無量《かんむりょう》って感じに神薙さんが唸る。火のそばで働いたあとだから、僕も冷たいビールがおいしかった。

「腹減ったな。食おうぜ」

みんなで焼きそばやたこ焼きを食べる。自分で作った焼きそばだけど、すごくおいしく感じた。お祭りで食べる食べ物って、どうしてこんなにおいしいんだろう。

「洵、歯に青のりがくっついてるよ」

洵くんの歯を眠多さんがティッシュで拭ってあげている。お父さんだなあと思った。

「そろそろだね」

時計を見ると、七時だ。食べ終わった容器を片付けていると、ポン、と弾けるような音がした。

ひゅうっと一本、夜空に細い光の筋が走る。光は途中で力尽きるように消えてしまい、空はまた暗くなる。

そして呼吸ひとつおいて、夜空の一点からぱあっと四方に広がるように、大きな光の花が咲きひらいた。

わあっと歓声が上がる。

「――」

僕は思わず息を止めた。

夜空を彩《いろど》る、大輪の光の華《はな》。最初は赤だった花びらは広がりながら色や形を変え、きらきらと崩れていく。あんなに綺麗だったのに、じっと見つめる間もなく、瞬く間に。

そしてすべてが夢だったみたいに消え去る前に、次の花火が打ち上げられた。

「……わ」

瞬きも忘れそうだ。咲きひらく花は色も形もとりどりで、砂のように、あるいは滝のように流れていく。咲いているのは、ほんの一瞬だ。だからこそ息を止めて見つめてしまう。

（……こんなに綺麗だったんだなあ）

なんだか目に、心に沁みた。花火くらい何度も見たことがあるのに。

洵くんを見ると、僕と同じように瞬きを忘れた様子で花火を見上げていた。口を閉じるのも忘れてしまっている。上気したほっぺたが色とりどりの光に照らされていた。

隣を見る。神薙さんは唇を引き結んで夜空を見上げていた。少し眩しそうに目を細めている。綺麗なものを見ているというよりは、眩しい儚《はかな》いものを見ているような顔だった。

不思議だ。もしもこの人に助けられず、電車に轢かれていたら。そしたらごはんを食べておいしいと思うこともなかったし、こんなふうに花火を見ることもなかった。花火を見て、綺麗だと思うことも。

(生きててよかったのかなあ)

だめな人間だけど。まだ電車にも乗れず、まともに働くこともできないけど。奈落に転がり落ちて、地べたに這いつくばったままで、まともな人たちから見たらきっと負け組だ。借金の問題だって何ひとつ片付いていない。

でも、死ななくてよかったんだろうか。花火が綺麗だとか、コロッケがおいしいとか、焼きそばが売れたとか、そんな理由だけでも。

(あれ)

つうっと頬を水滴がすべり落ちた。驚いて瞬きする。またぽろぽろとこぼれ落ちた。

どうしてか、涙が出た。悲しいわけでも、嬉しいわけでもないのに。こんなふうに泣いたのなんて生まれて初めてだ。

「…っ」

しゃくり上げてしまい、あわてて声を押し殺す。下を向いてごしごしと頬をこすった。周りはみんな楽しそうなのに、泣くなんて変だ。でも声を殺そうとすると、よけいに涙があふれてくる。

と、頭の上にぽんと何かがのった。

「――」

神薙さんの手だ。

ぽんぽんと、あやすように優しく叩く。子供を寝かしつけるようなリズムで。そのリズムと手の感触を感じていると、次第に呼吸が落ちついてきた。涙が収まっていく。

花火の音がいったんやんだ。目を上げると、暗く静まった夜空に火薬の煙がたなびいている。

顔をぐいと拭って、呼吸を整えた。頭の上の手が離れていく。そっと神薙さんを盗み見ると、僕の方は見ていなくて、なんでもない顔をしていた。

パンパンパン、と続けざまに破裂音《はれつおん》がした。そろそろフィナーレらしい。一度静かになった空が、再び光の華で彩られる。いくつもいくつも重なり合い、花ひらき、輝き、色を変え、流れて消え去っていく。ほんのひとときの光の饗宴だ。

だめな自分のこととか、借金とか。この先のことや、自分の感情も。全部をいっとき忘れ去って、僕はただ美しい光を見つめていた。

最後にひとつ、ひときわ大きく美しい華を咲かせて、花火は終わった。

夜空がいつも通りの静けさを取り戻す。目を開けたまま夢を見ていたみたいだ。瞼の裏に残像だけが残っている。

上を向いていた顔を戻して、僕は吐息をこぼした。

「洵、綺麗だったねえ」

眠多さんが洵くんに話しかける。洵くんはこっくりと大きく頷いた。

「初めての花火、楽しかった？」

また頷く。

「じゃあ来年も来ようね」

洵くんが何か言いそうに口をひらいた。

喋るのかと、思った。だってすごく普通に、何かをねだる子供の顔をしていたから。

「……っ……」

けれど洵くんは、ぱっと両手で口を押さえた。転がり落ちる言葉を急いで止めるみたいに。

「洵？」

何かに驚いたみたいに目を見ひらいている。眠多さんは困ったような泣きそうな顔をして、でもどうしようもなさそうに微笑んだ。

「じゃあ、そろそろ行くか」

神薙さんが立ち上がった。僕たちも腰を上げる。

周りの人たちもぞろぞろと移動を始めていた。いっぺんにたくさんの人が動き始めたので、土手も階段も混み合っている。階段が空くまで、手前で少し待った。

その時だ。階段から土手に上がるあたりに、見知った横顔を見かけた——気がした。

「……桐谷？」

たくさんの人がいる。整然となんてしていなくて、入り乱《みだ》れている。明かりは提灯と夜店の光だけだ。だから見間違いかもしれない。

でも僕の足は、ふらりと前に出た。

「羽瀬くん？」

「桐谷…っ」

あのTシャツは知っている気がする。あの後ろ姿も。あれはきっと桐谷だ。

「桐谷……！」

僕は周りの人を押しのけて、階段を上がった。「なに？」「押すなよ」と迷惑そうな声が上がる。だけど止まれなかった。すみませんと謝ることもできない。ただ後ろ姿を追いかけて、僕は夜店の並ぶ道にまろび出た。

花火が終わったばかりで、人出はまだ多い。提灯の明かりが並んでいる。色とりどりのたくさんの店、たくさんの人にまぎれて、見えなくなる。

「どうして……っ」

桐谷の行方はまだわからなかった。あれから何度か桐谷の家や共通の友人に電話をしてみたけど、見つかっていない。ご両親は警察に捜索願《そうさくねがい》を出したらしい。だから事故や犯罪に巻き込まれていたらわかるだろうけど、それもなかった。

「桐谷……桐谷」

人にぶつかり、つまづき、転びそうになりながら、僕は走った。でも姿は見えない。ほんとにいたかどうかもわからなくなる。

たぶん見間違いなんだろう。いや、僕の願望だ。だって桐谷がこんなところにいるはずがないんだから。借金と僕から逃げたんだから。

（どうして）

涙が滲んだ。

もうわかっている。ホームから飛び降りた時には、わかっていた。

僕は騙されたのだ。

桐谷は僕を友達なんて思っていなかった。たぶん、最初から。なんでも言うことをきくから、友達のふりをしていただけ。便利だから利用しただけ。

思い返せば、社交的な桐谷のそばにはいつもたくさんの人がいた。僕はそのすみっこにいて、桐谷の代返をしたり、ノートをコピーしたり、飲み会で金が足りなくなった時に立て替えたりしていた。立て替えた金が戻ってこなかったこともあった。でも、そのくらいはかまわないと思っていた。だって友達だから。

（……違う）

（最初から？）

どこからだろう。大学の入学式からだろうか。コミュ障だった僕は、さぞかし利用しやすそうな顔をしていただろう。友達を欲しがっている顔をしていたのかもしれない。桐谷なら、きっと簡単だった。小指で引っかけるみたいに。

——睦月って、ひょっとして一月生まれだから睦月？

提灯の灯りが目に沁みる。ぎゅっと目をつぶった。目を閉じてしまったせいで、誰かに思いっきりぶつかった。

「つぶねえだろ！　前見て歩け！」

「……みません」

みっともなく尻もちをつく。痛い。アスファルトでこすった手のひらも痛かった。

「――う、…っ」

隅に押し込んで蓋を閉めていた感情があふれそうになる。駅の救護室で泣き出した時みたいに。

あの日から、僕はまったく前に進んでいない。

腕を上げて顔を隠そうとした時、目の前に誰かが立った。

「大丈夫か？」

目を上げる。神薙さんだ。

腰をかがめて僕を覗き込んでいる。僕はたぶんぐちゃぐちゃの顔をしているんだろう。神薙さんはちょっと顎を引いて、困った顔をした。

僕はまたうつむいた。この人にはだめなところばかり見られている。

次の瞬間、ふわりと体が浮き上がった。

（え）

神薙さんが僕を抱え起こしたのだ。脇に手を入れて、無造作《むぞうさ》に、軽々と。

雑なやり方だけど、力強くて優しかった。僕の肩に手を回して抱き寄せる。誘導されるまま、ふらふらと歩いて道の端に移動した。

それから、背中をぽんぽんとされた。さっきと同じように。

「っ…」

子供扱いされている。いや、泣かない洵くんより僕の方がよっぽど子供だ。

でも、いまはそれがありがたかった。みっともなくても、だめでも、泣いても、そのまま受け入れてくれる。そばにいてくれる。離れていかない。

「う、…あっ」

安心すると、涙が堰を切ってあふれてきた。肩を震わせてしゃくり上げる。神薙さんの胸に顔を埋めて、僕は子供みたいに泣き出した。

「うっ、うあっ、うああ……」

スピーカーから流れる音楽が頭上を流れていく。神薙さんの体が間にあるおかげで、祭りのざわめきは別世界の音みたいに遠かった。かわりに体温をとても近くに感じる。

神薙さんの浴衣からはなつかしい樟脳《しょうのう》の匂いがした。おばあちゃんちの箪笥《たんす》みたいな。それでよけいに安心して、僕は心おきなく泣いた。

「大学の友達だったんです」

言ってから少しおいて、「友達だと思っていたのは僕だけだったみたいですけど」と付け加えた。

大丈夫だ。もう涙は出ない。神薙さんは何もコメントせず、庭を眺めながらグラスを傾けていた。

花火大会から帰り、風呂を出たところだった。八須賀さんとミキオくんはまだ帰ってきていない。眠多さんたちはもう休んでいた。

神薙さんは浴衣姿のまま縁側にいた。お風呂あきましたと言いにいくと、手にしたグラスを持ち上げて、「ちょっと飲まないか」と誘われた。グラスには氷と琥珀色の液体が入っている。

「お酒ですか？」

「これ、ばあちゃんが漬けた梅酒なんだ。十年物だぜ？　ミキオや八須賀さんに見つかるとあっという間に飲み尽くされるから、隠れてちびちび飲んでるんだ」

「僕が飲んでいいんですか」

「羽瀬は今日、仕事がんばったからな。お疲れってことで」

というわけで、二人で縁側で梅酒を飲んだ。おばあさんの梅酒は芳醇《ほうじゅん》で驚くほどまろやかで、すごくおいしい。甘い飲み口と縁側を渡る夜風が心地よくて、訊かれもしないのに自分から桐谷のことを話した。

入学式で出会ったこと。桐谷のおかげで大学生活が楽しかったこと。父親が事故を起こしたと泣きつかれ、借金の保証人になったこと。その借金を残して桐谷がいなくなったこと。

嘘をつかれていたと知って、発作的《ほっさてき》にホームから飛び降りたこと。

「なんか糸が切れたっていうか……死にたいっていうより、全部終わりにしたい、消えてなくなりたいって」

神薙さんは口を挟まず、黙って聞いていた。蚊取《かと》り線香《せんこう》の煙がたなびいて夜に溶けていく。カランと氷を鳴らしてグラスの梅酒を飲み干して、口をひらいた。

「その桐谷って奴の行方はまったくわからないのか？」

僕は首を振った。

「ご両親も捜してるみたいですけど、手掛かりがなくて。僕には捜しようがないし」

「借金はどうするんだ?」

「わからないです。どうしたらいいのか……借金取りは僕を捜してるだろうし……あ」

はっとして顔を上げた。

「あの、もしもここに取り立て屋が来たら、僕、出ていきますから」

「え?」

「小さい子もいるんだし、借金取りが来るなんてまずいですよね。僕、出ていきますから。こんなによくしてもらってるのに迷惑かけられないし」

そうだった。自分のことに精一杯で、そこまで気が回らなかった。浮き足立って腰を上げると、神薙さんが小さく笑った。

「出てってどうするんだ? 行くあてないんだろう」

「でも…」

「羽瀬はさ、お人好《ひとよ》しすぎるんだよな」

「え」

「会社のためにがんばって、友達のためにがんばってさ。でも、どんなにがんばっても、会社も友達も何もしてくれないだろう」

「……」

「そんなもんなんだよ。世の中なんてさ。真面目にやってる奴ほどバカを見るんだ。だから、もっと適当でいいんだよ。いいかげんで、自分勝手でいいんだ。じゃないとボロボロになっちまう」

投げやりな、疲れた口調だった。カラフェから梅酒を注ぎ、少しだけ水を入れてぐいと呷る。そんなに飲んで大丈夫なのかな。体を壊したって言ってたのに。

「……でも、神薙さんは僕を助けてくれたじゃないですか」

「あれはだって……目の前で人がホームから落ちたら、普通助けるだろ。死なれたら寝覚め悪いし」

「それだけじゃないです。ここに連れてきてくれて、役割をくれて。ほかの人たちも神薙さんに助けられたって聞きました。神薙さんこそ、お人好しでしょう」

言い返すと、神薙さんはちょっとむっとした顔をした。そっぽを向いてグラスを傾ける。気のせいかな。なんだか拗《す》ねたような顔だ。大人びた人なのに。

「たまたま部屋が空いてたから誘っただけだよ。メシ作ってくれたら助かるしさ。眠多さんたちを連れてきたのは八須賀さんだしな」

「それに、神薙さんがすごく仕事をがんばってること、僕知ってます。しょっちゅう徹夜してるし、いつも疲れた顔してるし」

「量こなさないと食っていけないんだよ。羽瀬だって見ただろ。エロチラシを量産する底辺デザイナーだぜ？　引いただろう」

「でも、がんばってるじゃないですか。仕事は仕事です。お金が発生するのは、必要としている人がいるからです。それに神薙さんは、以前はちゃんとしたデザイン会社にいたって聞きました。どうしてやめたのかは知らないけど……でも、デザインの仕事を続けてるんですよね。僕よりずっとがんばってると思います」

「……」

何か言おうと口をひらき、でもやめて、神薙さんはうつむいて笑った。はは、と息を吐いて、苦笑する感じで。

「羽瀬はさ、そういうところが……」

立てた片膝に肘をおき、下からすくい上げるように僕を見る。酔ってる様子はなかったけど、いやにじっと見つめられて、ふわっと首のあたりが熱くなった。

酔ってるのは僕の方だ。頬が熱いのも、神薙さんの目から目を離せないのも、酔ってるからで……

「ずるーい」

そばで声がして、あわてて体を引いて視線を引き剥《は》がした。

「仁さん、僕とは飲んでくれないくせに」

ミキオくんだ。門からそのまま庭に来たらしい。腕組みをして僕たちを見て、「あ」と声を上げた。

「浴衣なんて着てるんだ！　えー、ずるい。僕も浴衣着て仁さんと花火行きたかった」

「仕事だったんだろ。おまえ人混み嫌いだし」

「浴衣の仁さんと歩けるなら、客なんて放り出すよ」

縁側に片膝をつくと、ミキオくんは神薙さんにしなだれかかった。甘えた声で言う。

「ねえ、いまから散歩に行こうよ。そうだ、コンビニで花火買って河原でやろ」

「俺、もう風呂入りたいんだけど」

「やだ。花火見れなかったんだから、それくらいいいでしょ?」

「あーもう。暑いだろ。ったく」

抱きついてくるミキオくんをうんざりした顔で押し返す。しょうがねえなあって感じで、神薙さんは腰を上げた。

「玄関から行くから、門で待ってろ」

うん、とミキオくんは嬉しそうに頷いた。いつもの色気のある顔つきとは違う、子供みたいな笑顔だ。

神薙さんがグラスを持って立ち去ると、二人きりになった。ちょっと微妙な空気が漂《ただよ》う。僕も立ち上がろうとすると、ミキオくんが僕を見た。

「あんた、花火大会で屋台やったんでしょ。どうだった?」

さっきの笑顔から一転して、険のある顔つきだ。

「えーと……なんとかできました。慣れなくて大変だったけど、神薙さんが手伝ってくれて」

答えると、睫毛《まつげ》の長い目が僕を睨む。これ見よがしにため息をついた。

「あーあ。仁さんってほんと誰にでも優しいよなあ」

「……」

わかっている。神薙さんが優しいのは、僕が頼りないからだ。いまにも死にそうな顔をしていたからだ。なんだかんだ言ってミキオくんにも優しいし。

「でも、あんたはどうせそのうちまともな世界に帰るんでしょ。僕にはほかに居場所がないんだから……」

　ミキオくんは赤い唇をきゅっと噛み締めた。

　玄関の方で戸が開く音がする。ぷいっと顔を背けると、ミキオくんはそちらに向かって駆け出した。

（まともな世界、か）

　縁側に一人残って、僕はぽつんと灯った蚊取り線香の火を眺めた。どうなんだろう。帰れるんだろうか。帰りたいんだろうか。

　だけど、ここで一番まともじゃないのは僕だよな、と思う。神薙さんもミキオくんも眠多さんも八須賀さんも、ちゃんと仕事をしている。がんばっている。僕一人が中途半端だ。

　吐息をこぼして、火を消すために蚊取り線香を折った。立ち上がって縁側の雨戸を閉める。花火が消えたあとの空は雲って暗く、あんなに綺麗だったのに、いまは星ひとつ見えなかった。


　翌日、洵くんが熱を出した。

　発熱以外にはこれといった症状はなく、たぶん知恵熱みたいなものだろうと眠多さんは言う。昨日初めての花火で興奮《こうふん》しすぎてしまったし、人ごみでウイルスをもらったのかもしれない。小さな子供にはよくあることなんだそうだ。

「とりあえず様子を見て、明日になっても熱が下がらなかったら病院に行こうと思うんだけど……実は僕、今日はどうしても出かけなくちゃいけないんだ」

　ファミレスのバイトは子供の病気や行事の時には休めるようにしてもらっているそうだけど、今日は本業の小説の方の仕事だという。

「変わった職業の人に取材をお願いしててね。忙しい人だからドタキャンはできないし、紹介してくれた人にも悪いし……」

「わかりました。僕、見てます」

「ありがとう。本当に助かるよ」

　重症の子供の世話だったら自信ないけど、さいわい洵くんは食欲もあるようで、おかゆを食べておとなしく寝ている。神薙さんも在宅しているから心強かった。何かあった時の対処法とかかりつけの小児科を教えてもらって、眠多さんを送り出した。

　眠多さんと洵くんは、一階の少し広めの和室を二人で使っている。洗濯したり、おかずの作り置きをしながら、ちょこちょこと様子を見にいった。そんなに具合は悪くなさそうだ。

「夕ごはんはおうどんにしようと思うんだけど、いい？」

　洵くんは赤いほっぺたで頷く。

「じゃあ、ちょっと買い物に行ってくるね。神薙さんもいるから、何かあったら呼んでね」

　またこくんとする。

「食べたいものがあったら買ってくるよ？　桃の缶詰《かんづめ》とか、アイスとかゼリーとか。僕にとっての風邪《かぜ》の定番なんだけど」

洵くんはちょっと首を傾げた。そして、わずかに口をひらいた。

僕はまだ一度も聞いたことがないけれど、洵くんは喋らなくちゃいけない時は言葉を話すらしい。とても小さな声で、ひっそりと。

「……」

けれど、言葉は出てこなかった。何も言わず、洵くんは口を閉じた。昨日の花火の時と同じように。

「なに？　食べたいものがあったら言っていいんだよ？」

ふるふると首を振る。そのまま布団の中に潜り込んでしまった。

「……じゃあ、行ってくるね」

結局、桃の缶詰もアイスもゼリーも全部買ってしまった。買い物から帰ると、洵くんは眠っていた。

かたわらに膝をつき、赤い頰にそっと触れる。まだ熱がありそうだ。少し汗をかいてるかな、着替えさせた方がいいかな、眠多さんが帰ってきてからの方がいいかな…と考えていると、もぞもぞと洵くんが動いた。

「……ん……」

(喋った！)

僕は目を瞠った。ごく小さな声だけど、いま、たしかに何かを言った。

「……さ、ん……」

「え、なに？　お父さん？　お父さんはもうすぐ帰ってくるよ」

「……」

洵くんは口の中で小さく呟く。初めて聞く声は細くたよりなく、いまにも切れそうな糸みたいだ。僕は前かがみになって口元に耳を寄せた。

「なあに？」

「……おかあ……さん」

「――」

「おかあさん……ごめん、なさい」

睫毛の端に、朝露みたいな涙の粒が光っていた。

胸を衝かれた。

眠多さんが離婚して子供を引き取った理由は知らない。一般的には母親の方が親権《しんけん》を取るだろうから、何か事情があったんだろう。

洵くんが喋らない理由も知らなかった。身体には異常はないそうだから、精神的なものなのかもしれない。自分以外の人間の、しかも幼い子供の内面なんて、僕にはわからない。

だけどもしかしたら――ちょっとだけ、僕と似ているのかもしれない、と思った。

何かを望むなんて、しちゃいけない。わがままを言ったり、嫌だとかできないとか言っちゃいけない。そんなことをしたら周りの人が離れていってしまう。

だったら何も言わない方がいい——

「……大丈夫だよ。すぐにお父さんが帰ってくるからね」

汗ばんだひたいにはりついた髪をとかし、そっと撫でる。それで落ち着いたのかはわからないけど、呼吸がだんだんゆっくりになり、洵くんは深く寝入った。

少し乱れた肌掛け布団を直す。足音を殺して部屋を出て、ふすまを閉めた。


夕飯の下ごしらえがだいたい終わったところだった。あとはみんなが揃ってからメインの魚を焼くことにして、僕は割烹着をはずした。火を使って汗をかいたので、顔を洗おうと洗面所に向かう。

洗面所のドアを開けると、そこにミキオくんがいた。

「あっ、ごめん」

風呂トイレ共用のシェアハウスだから、こういうことはよくある。急いで閉めようとした時、鏡の前のミキオくんの目の周りが腫《は》れて、無残《むざん》に変色しているのに気がついた。

「えっ、どうしたの、それ」

最初に会った時、ミキオくんは眼帯をしていた。ものもらいだと言っていた。一週間くらいで眼帯は取れたけど、昨日、またつけていた。再発しちゃったと言って。いまははずしている。

「それ、ものもらいじゃないよね?」

ものもらいは瞼が腫れるけど、こんなにひどく赤黒くなることはないと思う。これは、内出血《ないしゅっけつ》だ。顔を強く打ったり、殴られたりした時の。

「……誰かに殴られたの？」

ミキオくんはさっと顔を逸らした。

「別に、ちょっとぶつけただけだよ」

らしくもなく口ごもる。いつも上から目線で高飛車《たかびしゃ》で、それが似合っているのに。

「えーと、とにかく冷やした方が……あれ、あっためた方がいいんだっけ？」

わけはともかく、ミキオくんの腕を取った。すると、強い力で振りほどかれた。

「ほっておいてよ！」

僕は目を見ひらいた。ミキオくんの剣幕《けんまく》にじゃない。ふりほどいた時にシャツの袖口から見えた手首に、赤い痕が見えたからだ。何かで縛ったような。

無言で反対側の腕を取った。袖をまくる。

「なにするんだよ」

そっちの手首にも、赤く縛られた痕がついていた。とても痛々しい。固いロープか何かできつく縛らないと、こんな痕はつかないんじゃないだろうか。

そういえば、もう八月なのにミキオくんはずっと長袖の服を着ている。汗もかかなそうな涼《すず》しい顔をしているから、気にならなかったけど。

「これ……」

「僕、Mだって言っただろ？　プレイだよ、プレイ」

肩をそびやかして、ミキオくんは嘯《うそぶ》いた。なんでもなさそうに。

「でも……」

僕はSMプレイのことはよく知らない。縛ることで快感を得る人もいるそうだから、そういうプレイはあるんだろう。ミキオくんはデリヘルで働いているんだし。

だけど、目が腫れて内出血するほど殴られるなんて。

「いくら仕事だって、怪我させられるのはやりすぎなんじゃないの？　危ない仕事はやめた方が…」

「うるさいな！　あんたみたいなまともな人間には関係ないだろ！」

さっきよりも激しい勢いで腕を振り払って、ミキオくんは怒鳴った。

「…っ」

透明な壁に弾かれた気がした。

たしかに、僕はミキオくんとは住む世界が違うかもしれない。そういう仕事のことはよくわからないし、SMについても、正直理解できない。

だけど——一緒にごはんを作って食べて、一緒にこのボロい家で暮らして。ほんの少し、近くなれた気がしていたのに。家族ほど繋がってはいないし、友達ほど親しくはない。でも他人よりは近い。そんなふうに、勝手に親近感を持っていたのに。

(よけいなお世話、だよな)

口ごもった僕の横をミキオくんは早足ですり抜ける。スリッパの足音が遠くなった。

鏡の前に立つと、洗面台の隅に眼帯が忘れられていた。ミキオくんの部屋に持っていこうかと、手に取る。

「……」

やっぱりやめた。眼帯をそっと戻して、僕は蛇口《じゃぐち》をひねった。


ミキオくんと神薙さんが言い合いをしているのを見たのは、その日の夜のことだ。

僕は風呂上がりで、縁側に座って涼んでいた。その時、門の方から声が聞こえてきた。

「――…だろ…っ」

ミキオくんの声だ。僕に「関係ないだろ」と言った時と同じ、叩きつけるような語調だった。

何か言い返す声も聞こえる。こっちは静かな口調なので、よく聞こえなかった。でもたぶん、神薙さんの声だ。

僕は手に持っていた麦茶のグラスを置いた。盗み聞きなんてよくない。わかっている。でもどうしても夕方に見たミキオくんの痣が気になって、サンダルに足を入れて庭に立った。

庭は家の横手に広がっている。足音を忍ばせて、玄関の方に近づいた。家の外壁の角から、そっと窺ってみる。

門を入ったところに、ミキオくんと神薙さんが立っていた。今日は神薙さんは出かけていたから、帰ってきたところで鉢合わせしたんだろう。ミキオくんの行く手を遮《さえぎ》るように立っている。

「そういう相手、やめろって言っただろう」

近づくと、会話はよく聞こえた。神薙さんの声は落ち着いていて、でも底のところで怒っている。神薙さんは怒るとけっこう怖い。

「大丈夫だよ。前の奴とは違うから。殴られたんじゃなくて、興奮した時にちょっと手があたっちゃっただけだよ」

そっぽを向いてミキオくんは返した。かわしてごまかす言い方だ。

「手があたっただけでそんなに腫れるかよ」

「平気だって、こんなの。慣れてるし。それに相手は医者だから、終わったら治療してくれるんだ」

言って、ミキオくんは薄く微笑んだ。何もつけていないのに濡《ぬ》れているような唇を、キュッと上げる。

「自分で痛めつけて、自分で治療するのが好きなんだ。歪んでるよね。僕も人のこと言えないけど」

ふふっと笑う。

「笑ってる場合じゃねえだろ！」

ぐいっと神薙さんがミキオくんの腕を引っぱった。華奢《きゃしゃ》なミキオくんがふらつく。

神薙さんはミキオくんのシャツをまくり、赤く痕のついた手首を顔の高さまで持ち上げた。

「これ、客じゃないよな。おまえ仕事じゃ痕つけさせないもんな」

「……別にいいだろ」

僕にしたのと同じように、ミキオくんは腕を振り払おうとする。でも神薙さんの手は簡単には離れなかった。

「僕、縛られるの好きなんだよ。だってMだもん」

「そりゃプレイだったら止めねえよ。でも殴る奴はだめだ。そういう奴はエスカレートする」

神薙さんの口調はまるで教師みたいだ。親身になって怒っていて、でも冷静で。どこか、他人事で。ミキオくんは焦《じ》れたようにやみくもに手を振り回すけど、神薙さんはびくともしない。

「半殺しの日に遭わされたの、忘れたのかよ」

「――だったら」

ふっとミキオくんは暴れるのをやめて、神薙さんの顔を見上げた。

「仁さんが縛ってよ」

いまは笑っていない。突き刺《さ》すような目で、神薙さんを見た。

「仁さんが縛ってくれるなら、いまの男とは別れるよ」

「俺は……」

反抗されても暴れられても動じなかった神薙さんが、わずかに怯《ひる》んだ。握っていた手を離す。

「俺はおまえが心配で」

「…っ」

唇を噛みしめて、ミキオくんは神薙さんを睨みつけた。

「心配なんて、豚の餌《えさ》にもならねえよ！」

自由にされた手を振り上げて、拳で神薙さんの胸を叩く。

「縛ってよ！　心配なら、僕のことがんじがらめにしてくれよ。それができないなら口出すな！」

「ミ、ミキオ、ちょ」

やみくもに両手を振り回すミキオくんを止めきれず、神薙さんは後ずさりする。

「手も出してくれないくせに口だけ出すとか、最低！」

怒鳴って、ミキオくんは片足を振り上げた。

（あっ）

思わず声が出そうになった。

振り上げられたミキオくんの長い足は、神薙さんのお腹にクリーンヒットした。

「うっ…、ぐ」

長身でしっかりした体格の人だけど、さすがによろける。前かがみになって、地面に膝をついた。

その胸ぐらをミキオくんが掴んで、乱暴に引き寄せる。顔を上げた神薙さんの口を、ミキオくんが自分の口で塞いだ。

「…っ」

僕は息を呑んだ。

「んっ――」

噛みつくようなキスだった。ミキオくんの方が小柄で細いのに、まるで神薙さんを食べようとしているみたいに見える。不安定な体勢で体を押しつけられた神薙さんは、うまく抵抗できずにぐらりとよろけた。

「うわっ」

そのままミキオくんは神薙さんを地面に押し倒した。ゴッッと、僕のところまで痛そうな音が聞こえた。敷石《しきいし》に頭をぶつけたらしい。

「いって……ん――」

呻く神薙さんの口を、またミキオくんが塞ぐ。

男同士のキスだ。いやそれ以前に、他人のキスだ。こんなところで盗み見なんてしちゃいけない。そう思っても、目が離せなかった。

「う、ミキ…っ」

自分より大きな体を馬乗りになって押さえつけて、ミキオくんは強引に唇を重ねて絡み合わせる。唾液《だえき》の音がここまで聞こえてきそうな、濃厚《のうこう》なキスだった。

「……てよ……」

絞り出すような声が聞こえた。

「俺をあんたのものにしてよ。そうしたら、言うことをきく。仕事なんてやめる。ほかの誰ともつきあわない」

門にはほのかな灯りがついている。その光に反射して、ミキオくんの頬がきらりと小さく光った。

「別に縛ったり叩いたりしなくていい。仁さんの好きなようにしていいよ。あの時、してくれただろ?」

「ミキオ、ちょっと待っ…」

「あんなに優しくしてくれたじゃないか……」

言葉と一緒に、涙が落ちた。ミキオくんは崩れ落ちるように神薙さんの首筋に顔を埋めた。

「――」

僕は小さく息を呑んだ。ここから離れなくちゃいけない。でも、足が動かない。動いたら気づかれそうだし、それに……

どくんどくんと心臓が鳴っていた。どうしてこんなにドキドキしてるんだろう。そりゃそうだ。他人のそういうシーンを見ちゃってるんだから。

でも、それだけじゃない。どうして――

「仁さん、好きなんだ……。同性だって気にしないって言ってくれただろ……」

涙声で言って、ミキオくんは神薙さんに抱きついた。

神薙さんの腕が動いた。片腕がゆっくりと持ち上がる。

抱きしめるのかと、思った。

でもその手は、そっとミキオくんの頭に置かれた。ぽんぽんと、子供をあやすように優しく叩く。

僕にしてくれたのと同じように。

「……ごめんな」

「…っ」

ミキオくんの肩がひくっと跳ねた。

のろのろと身を起こして、拳で自分の顔を拭う。表情は乱れた髪に隠れてわからなかった。

「豚に食われろ！　バカ！」

いきなり、ミキオくんは神薙さんのみぞおちを殴りつけた。

「ぐっ、おま……ゲホッ」

神薙さんはお腹を押さえて咳き込みながら身悶《みもだ》える。ミキオくんはさっと立ち上がった。

うめく神薙さんを、仁王立ちになって見下ろす。まるで家来《けらい》を足蹴《あしげ》にする女王様みたいだ。でも
細い肩が震えていた。

そしてシャツをひらめかせて身を翻すと、ミキオくんは振り返ることなく門を出ていった。

「ぐ、ゴホッ……うえ」

(ど、どうしよう)

地面に転がったまま、神薙さんは苦しそうにえずいている。さっき敷石で頭も打っていた。迷っ
たけど、やっぱりそのままにはしておけなくて、僕は角から飛び出した。

「神薙さん!」

「……あ?」

「だ、大丈夫ですか⁉」

「あ、ああ……」

よろよろと上体を起こす。お腹を押さえて、もう片方の手で後頭部をさすりながら呟いた。

「あいつ、ほんとはSなんじゃねえの……」

「あの、大丈夫ですか? 吐き気とか」

「ああ、いや、大丈夫。もう治まったから」

片手を上げて、困ったように笑う。口の端を引き攣《つ》らせた苦笑いだ。

「頭も打ってましたよね。そっちは…」

「いや、そっちもなんともないから。つか、そこから見てたのか……」

神薙さんはため息をついた。

「す、すみません」

「いや。こんなところで騒いでた方が悪い。変なとこ見せて悪かったな」

神薙さんはふらりと立ち上がった。少しよろけたのであわてて支えようとしたけど、するっとよけられる。

「歩けますか？　肩貸しますから」

「平気平気」

「あの、薬とか病院とか…」

「必要ないって。ほんとに大丈夫だから」

僕から距離を取り、片手で押し返すような仕草をする。神薙さんの周りの空間から押し出されているみたいに感じた。

「ほんと、悪かったな。おやすみ」

ちらりと笑みを作って言って、神薙さんは玄関に向かった。

「……おやすみなさい」

もう足取りは普通だ。ガラッと玄関の戸を開けて、中に消えた。

僕はその場に立ったままでいた。夜風が吹いて、急に首元を寒く感じる。

別に僕がシャットアウトされたわけじゃない。そもそもいちゃいけないところに居合わせたんだし。

でも、なんでだろう。なんか、なんだか――

くるっと踵を返して、縁側に戻った。残っていた麦茶をひと息に飲む。すっかり氷がとけて、ぬるく薄くなっていた。

ミキオくんが神薙さんを好きだってことは気づいていた。というか、かなりあからさまだし。

だから、別になんでもない。神薙さんとミキオくんの間に、そういうことがあったって。

「……ふう」

息を吐いて口元を拭う。こんなの変だ。僕には関係ないのに。

どうして僕は、ショックを受けているんだろう。

4

神薙さんと八須賀さんが揃って僕のところに来たのは、花火大会から半月ほどが過ぎた頃だった。

そろそろ夏も終わりに近づいている。僕にとっては人生が激変した夏が、ようやく終わろうとしていた。

いつものように僕は風呂上がりに縁側で涼んでいた。あまり手入れされていなくて草ぼうぼうの庭だけど、早くも秋の虫の声が聞こえ始めている。

「話があるんだが……」

二人して真面目な顔をしているので、ちょっとたじろいだ。

二人は僕のそばにあぐらをかいて坐る。神薙さんは疲れた顔をしていた。今日は急ぎの仕事があるとかで、夕飯の席にはいなかった。

「お仕事終わったんですか？」

訊くと、まあなんとか、とぼさぼさの髪をかき上げる。また不精髭が生えていた。

八須賀さんが煙草《たばこ》を取り出す。僕に断って火をつけ、深く吸って煙を吐き出す間、沈黙がおりた。

「えーと、それで話って…」

「ああ」

八須賀さんは普段はよく喋るし、神薙さんはマイペースだ。けれど二人揃って、めずらしく逡《しゅん》巡《じゅん》していた。

おもむろに、八須賀さんがシャツの胸ポケットから一枚の写真を取り出した。僕の前に滑らせる。

見た瞬間、全身の血がさわっと浮き上がる気がした。

「え、これ、なんで……」

写真を手に取って、顔を近づける。外は暗くて、明かりは居間の電灯だけだ。写真に写る人物は小さくて、しっかりとは見えない。どうやら隠し撮りらしい。

でも、わかった。すぐにわかった。血が逆流した。

「桐谷――」

そこに映っていたのは、桐谷だった。

一人じゃない。女性と一緒だ。横顔しか映っていないけど、かわいい子だった。黒髪のショートボブで、カットソーにジーンズという飾り気のない格好をしている。桐谷は女の子の向こう側にいて、振り返って彼女を見ていた。笑顔で女の子に話しかけている。

二人は建物の前にいた。ガラスドアの向こうに並んだ郵便受けが見える。たぶん桐谷のマンションだ。見覚えがあった。

「そいつ、羽瀬に借金押しつけて逃げた奴だろ?」

苦み走った顔で煙草を吸いながら、八須賀さんが言った。

僕は顔を上げて二人の顔を見た。すぐには言葉が出てこない。

「これ……どうして……」

「オレ、前は消費者金融の取り立て屋やってたんだわ」

「あ…、眠多さんから聞きました」

「あそう。ああいうとこって、けっこう横の繋がりがあるんだよ。借りてくれる奴にはどんどん貸したがるし、多重債務者の情報は共有しといた方がいいからな。で、仁から羽瀬の借金の話聞いて、昔のツテを使ってちょっと調べてみたんだ」

桐谷に金を貸した会社も、もちろん桐谷の行方を捜しているという。でも見つかっていなかった。

連帯保証人の僕も夜逃げしてしまった形だけど、八須賀さんは僕のことは伏せておいてくれたらしい。

「その写真は、返済が滞り始めた頃に貸付元が身辺を調べて撮ったんだ。万が一逃げられた時に捜し出すためにな。一緒に写っているのは、桐谷祐司の女だ」

「……」

桐谷の恋人。

僕は、知らなかった。大学を卒業してからもたまに会っていたけど、聞いたこともなかった。

やっぱり、僕は友達なんかじゃなかった。もう何度も打ちのめされたけれど、事実を突きつけられると、そのたびに胸が痛い。

「ところがこの写真を撮った三日後に、桐谷祐司は失踪《しっそう》した」

「……」

「慌てて女の住居に行くと、女の方も姿を消していた。二人揃ってもぬけの殻だ。それで、連帯保証人の羽瀬のところに取り立てが行くようになった」

僕はこくりと唾《つば》を呑んだ。

「二人は一緒に逃げてると思われるんだが、女の素性がわからねえ。桐谷は実家にも戻っていない。ちなみに実家じゃお袋さんが心労《しんろう》で倒れて入院して、親父さんは廃人《はいじん》みたいになっちまって、まるで使い物にならねえんだとよ」

「心労……」

何度か電話で話したけれど、桐谷のお母さんはすごく心配していた。心労で入院なんて、大丈夫だろうか。

「……いま、桐谷のお母さんの心配しただろう」

「え」

顔を上げると、神薙さんがため息をついた。

「借金背負わされたくせに、ほんとに羽瀬はお人よしだよなあ」

笑われてしまった。でも、嫌な笑い方じゃなかった。目尻に優しい皺ができて、雰囲気がやわらかくなって。神薙さんの笑い方は、好きだと思う。

(……あれ？)

自分で自分の思考にびっくりして、ぽんっと耳に血が集まった。

(いや別にそういうことじゃなくって)

「そういうわけで、このままじゃ羽瀬は借金から逃れられないんだが」

話の続きを神薙さんが引き取って、僕ははっと意識を引き戻した。

神薙さんは僕の手から写真を取る。女性の方を指差して、言った。

「実は俺は、この女を知っている」

「えっ？」

「名前はアユミ。まあ、アユミってのは源氏名《げんじな》だけど」

「源氏名？」

今度は神薙さんがジーンズの後ろポケットから紙片を取り出した。

折り畳まれていたそれをひらいて、僕に渡す。全体的にピンクの——いわゆるピンクチラシだ。神薙さんが仕事で作っているものだろう。

「これって……」

チラシには女性警官の格好をした女の子が映っていた。警官だけど、スカートは極端に短い。シャツの胸元を大きく開けて、赤い下着をちらりと覗かせている。片手におもちゃの拳銃を持っていて、拳銃にキスする仕草をしていた。

その女の子が——桐谷と一緒に写っている子と、よく似ていた。カールした茶髪や濃いメイクのせいで、雰囲気はまるで違うけど。

「その子、そこのイメクラの一番人気だったんだ」

「イメクラ……」

「婦警さんとか看護婦さんとかのエロいコスプレして、エロいサービスしてくれるわけよ」

にやにやしながら八須賀さんが解説する。それくらい知ってますと返した。

「で、ちょっくらこの店に潜入して調べてみたんだ」

「せ、潜入？」

「アユミはすでに店を辞めてたんだけどさ、ミカちゃんってナース服の似合うエッロい女がいて……や、それはいいんだけど、小遣いやったら、女の子たちに聞いてくれたんだ。一人仲のいい子がいて、今は名古屋にいるみたいだって。それ以上のことはわからなかったんだが」

「名古屋……」

　僕は呆然と呟いた。予想外の展開にぼうっとしているうちに、どんどん話が進んでいく。

「それで業界の知り合いに写真を流して、名古屋にこういう子がいないかって探してもらったんだ」

　神薙さんが引き継いだ。

「場所が離れてるからちょっと時間がかかったけど、一番人気だった子だからな。この間、見つかったって連絡をもらった。今はキャバクラで働いてるらしい」

「で、名古屋に行ってみたんだ」

　八須賀さんの言葉に、僕は目を見ひらいた。

「え？　名古屋に？」

「ああ。あ、金の心配はいらねえよ。調査費用は桐谷の両親に出してもらうことになったから。見つけてくれたら、いくらかかってもいいってさ」

　スッパーと煙を吐いて、八須賀さんは余裕の顔で言う。困惑する僕に、神薙さんが付け加えた。

「八須賀さんは取り立て屋やってた時、そういう仕事もしてたんだよ」

「へえ…」

「行ってみると、たしかにその店にアユミはいた。それで、仕事が終わって店から出てきたところを尾けたんだ。見つけたよ、桐谷祐司。女とアパートで暮らしてた」

「……」

　どう反応したらいいのかわからず、僕はぼんやりしていた。

「で、どうする？」

「……え？」

僕は固まったままだ。正直、立て続けにやってくる現実を受け止めきれない。すると神薙さんが、代わって言った。

「名古屋へ行くか？」

「名古屋……」

そこへ行けば、桐谷がいる。桐谷に会える。

でも――

会って、どうすればいいんだろう。督促状が届き始めた頃は桐谷に会ってわけを聞きたかったけど、いまはもう騙されたってことはわかっている。

泣いてわめけばいいんだろうか。信じていたのにひどい、って。それでなんになるだろう。保証人を取り消してもらえるんだろうか。

「行くなら、一緒に行ってやるよ」

八須賀さんが言った。

「でももしもう顔も見たくないってんなら、俺が一人で行く。行って力ずくで親のところに連れ戻して、ついでに借金の連帯保証人を親に換えてやるよ。普通は保証人の取り消しはできないんだが、親の方が金を持ってるからな。自宅も持ち家みたいだし、売りゃあ返せる。貸付元も喜んで契約書を書き換えてくれるだろうよ」

だったら、僕が行かなくてもいい。もう桐谷の顔を見なくてもいい。

「それに…」

ちょっと言いにくそうに、神薙さんが口を挟んだ。

「羽瀬、電車が苦手なんだろう。無理して行かなくてもいいんじゃないか?」

「……あ」

そうだ。最近は駅に行くこともなかったから、忘れていた。

僕は電車に乗れない。乗ろうとすると、改札で足がすくむ。新幹線《しんかんせん》に乗れば名古屋はすぐだけど、そもそも新幹線の乗り場まで行けるかどうか。

だったらもう、会わずにすませればいいんじゃないか。会ったらどうせショックを受けるに決まっている。友達だと思われていなかったと突きつけられて、また傷つくに決まっている。

もう傷つきたくない。

八須賀さんと神薙さんは、黙って僕の答えを待っていた。煙草の煙と蚊取り線香の煙がからみ合って、夜の庭に流れていく。

僕はいつのまにか正坐をしていた。膝の上で握った拳を見つめる。

もう傷つくのも期待するのも嫌だ。だからもう桐谷には会わない。どうしてなんて訊かない。

もう二度と——

「……僕」

ぐっと拳を握った。

「僕、行きます。名古屋に。桐谷に会いに」

ひと息に言うと、どっと力が抜けた。それで、肩にすごく力が入っていたことに気づいた。

「っしゃあ。そうこなくっちゃな」

八須賀さんは楽しそうだ。拳と平手を打ちつける。

「こんなゲス野郎、一発ぶん殴ってやりゃいいんだよ」

神薙さんは何も言わなかった。ただ心配そうに僕を見つめて、ふっと吐息をこぼした。

「ま、がんばれ」

そう言って、立ち上がりしな、僕の肩をぽんと叩いた。


名古屋には翌日行くことになった。

また逃げられる前に行った方がいいと八須賀さんに言われたし、僕は無職の身で、時間だけはあるからだ。女性が仕事に出かける夕方以降に、直接アパートに行くことになった。

午前中、僕は掃除と洗濯と作り置きのおかず作りに励んだ。二日分の夕飯を作る必要があったし、何かしていないと落ち着かない。何かしていれば、とりあえず何も考えなくてすむ。

だけど八須賀さんに「じゃあそろそろ行くか」と言われ、簡単な泊まりの用意をして駅に向かううちに、だんだん動悸が速まっていった。

「こないだは味噌カツ食べたんだよな。うまかったわ。今度は何にすっかなあ」

わざとなのか、八須賀さんはのんきな話をしながら隣を歩いている。今日は半袖開襟シャツにスーツで、ジャケットはバッグにひっかけていた。僕は生返事しかできなかった。

思い出したくないのに、あの日ホームに立っていた時のことを体が勝手に反芻《はんすう》する。仕事で疲れきった体。督促状に追いつめられた思考。嘘をつかれていたと知った時の、胸の冷えるような感覚。

（……大丈夫だ）

深呼吸して、自分に言い聞かせる。

いまはあの時とは違う。もう会社に行かなくていいし、借金のことはなんとかなりそうだ。もう督促状に怯えなくていい。電車に飛び込んだりしなくていい。

桐谷に会ったら、きっと僕は傷つくだろう。

だけど会わずにすませたら――一生、傷ついたままになるんじゃないか。

だったら、ここで終わらせた方がいい。

そう思って、行くと決めたのだ。会ったら言いたいことを言って、終わらせる。言いたいことが何かは、会ってみないとわからないけど。

改札が近づいてくる。僕は強いて何も考えないようにして、自働改札に進もうとした。

けれど、ある一点で、ぴたりと足が止まった。厚い空気の壁があるみたいに。

「大丈夫かよ？」

八須賀さんが心配そうに顔を覗き込んでくる。神薙さんから何か聞いているんだろう。

僕は力をふりしぼって足を前に出そうとした。見えない壁を蹴り飛ばすような気持ちで。

「……っ」

でも、だめだった。

頭でどんなにもう平気だと思っても、自分に言い聞かせても、体が前に行かない。心が、怖がっていた。僕の心は僕の体とがっちり結びついて、前に進みたくないと言っている。

——やっぱり、だめだ。

「……八須賀さん」

僕はやっぱりだめだ。なんてだめな人間なんだろう。借金だって自分では何もできないし。臆《おく》病《びょう》で、弱くて、一人じゃ何もできない。

「僕、やっぱり……」

怯えた犬みたいに、尻尾を丸めて退散しようとした時だ。

ふわりと、僕のそばで空気が動いた。同時に手首をぐっとつかまれる。

えっ、と思う間もなく強く引っぱられ、がくんとつんのめった。つんのめったせいで、ごく自然に足が前に出た。

「行くぞ」

「えっ」

神薙さんだった。僕の手首をつかんで、改札に向かっていく。ずんずんと、一直線に。

あの日、どこかに消えたいと思っていた僕の腕をつかんで、むりやり限界ハウスに連れていってくれたみたいに。

「――あ」

背中を見つめているうちに、引かれるままに、僕は自動改札に入っていた。とたんに、バンと改札の扉が閉まった。

「おっと。忘れてた」

神薙さんはジーンズのポケットからスマートフォンを取り出して、読み取り部にタッチする。僕も慌ててICカードを通した。

神薙さんは手ぶらだ。朝に会った時と同じ、まったくの普段着だった。今日も家で仕事だと言っていたはずだ。髪がゆるく乱れている。

「なんだよ、仁。どうした?」

のんびりと八須賀さんが追いついてきた。

「俺も行くよ」

「ええ? 仕事はいいのかよ」

「あー、うん、まあ」

「つか、おまえ手ぶらじゃね?」

「えーと、着替えとかは向こうで買うわ。財布もカードもあるし」

「何やってんの、おまえ」

八須賀さんは呆れ顔だ。僕は神薙さんに手首をつかまれたままだった。狐《きつね》につままれたような気持ちで、自分の足元を見下ろす。

（……通った）

通ってしまった。どさくさまぎれみたいに。あんなに怖かったのに。

気がつくと、胸を押しつぶしそうになっていた不安や怖さがすっかり消えていた。改札を通った時に、要らない感情も向こう側に置いてきたみたいに。

「で、なんで手握ったままなの？」

「あ、忘れてた」

本当に忘れていたらしく、神薙さんはようやく僕の手首を離した。僕に向かって、ちらりと笑う。寝不足の顔に、不精髭で。

「ゲス野郎の顔、俺も拝みに行くよ」

名古屋に来たのは初めてだった。こんなことで来たんじゃなければ観光したかったけど、さすがにそんな気にはなれない。

ターミナル駅周辺は高層ビルが立ち並び、たくさんの人と車が行き交っていた。都心とほとんど変わらない光景だ。ただ道路が広いせいか、空間に余裕を感じる。

桐谷が住んでいるというアパートは、名古屋駅から地下鉄で三十分ほどの場所にあった。

ごく普通の住宅地の、ごく普通のアパートだ。鉄筋三階建てで、築年数もそんなにたっていなさそうに見える。新婚夫婦や若いファミリーが住んでいそうだ。

来てしまったんだから、腹をくくったつもりだった。だけど実際に建物を前にすると、急にまたドキドキしてきた。

（ここに桐谷が……）

そのドキドキをあっさり踏み越えて、八須賀さんはさっさと建物の中に入っていった。

「ここだな」

郵便受けにも玄関横の表札にも、名前は出ていなかった。僕たちは脇にどき、八須賀さんがドアスコープから見えない位置でインターフォンのボタンを押した。

「……」

応答はない。三度鳴らしても、誰も出なかった。いったん外に出て建物の背後に回り、該当《がいとう》の部屋のベランダを確かめる。

カーテンは開いたままだ。うっすら暗くなり始めているけど、明かりはついていない。人の気配は感じられなかった。

「いったん出直すか。どっかでメシ食おうぜ」

八須賀さんが言った時、僕は内心ほっとした。情けないけど。

近くにファミリーレストランを見つけたので、とりあえずそこで時間をつぶすことにした。僕はまったく食欲がなかったけど、八須賀さんはエビフライ御膳《ごぜん》を食べていた。

神薙さんはピラフを食べたあと、テーブルに突っ伏して眠ってしまった。昨日も徹夜だったらしく、新幹線でもずっと眠り通しだった。

（……この人って）

胸のあたりがかすかに波打つような、泣き笑いしたいような、変な気持ちだった。僕のことをお人よしだと言うけれど、この人の方がよっぽどお人よしだ。

その優しさが、僕だけに向けられるものじゃないのはわかっているけど。

「んじゃあ、そろそろ行くか」

あたりがすっかり暗くなった頃、店を出た。もう一度アパートに行く。けれどやっぱり、桐谷の部屋には明かりがついていなかった。

「夜中にまた来るしかねえかな」

「先にどこか泊まるところを見つけた方がいいんじゃないか？」

「そうだな。おまえらはホテルを探してきてくれよ。オレはここで…」

八須賀さんが言いかけた時だ。エレベーターホールでドアが開く音がして、こちらに近づいてくる足音が聞こえた。

隠れる場所も時間もなかった。角を曲がって、人影が姿を現す。

桐谷だった。

桐谷はすぐに僕たちに気づいて、足を止めた。目を大きく見ひらく。

次の瞬間、ぱっと身を翻した。

「おっと」

八須賀さんがすばやく追いかける。神薙さんもあとに続いた。

　数秒固まっていた僕は、我に返って追いかけた。階段はこちら側にはない。エレベーターのドアが閉まりかけるところを、八須賀さんがガッと手で押さえた。

「桐谷祐司さんですね？」

　僕には八須賀さんの顔は見えなかったけど、ダークスーツでひたいに傷のある男にフルネームを呼ばれたら、さぞかし怖かったに違いない。

「あ……」

　桐谷はエレベーターの操作盤から手を離し、よろよろと後ずさって箱の壁に背中をついた。

「あなた、借りた金を返してませんよね？　逃げたりして、いけない人だなあ」

　八須賀さんは貸付元の人間だと名乗ったわけじゃない。でも、さすが借金取りそのものだ。隣に立っている神薙さんもヤクザっぽく見えるだろう。僕も初対面でそう思ったくらいだし。

「金を借りたら、責任持って返さないとね。大人なんだから」

「ほ……保証人がいる！」

　桐谷は怒鳴った。でも声が震えている。

「ちゃんと連帯保証人を立てただろう！　そっちに行ってくれ。僕は払えない！」

　完全に開き直った態度に、僕は愕然とした。

　しばらく会っていなかったけど、桐谷は雰囲気が変わっていた。人好きのする顔立ちはそのままだけど、どことなく崩れて、ゆるい感じになっている。糸で吊られてピンと立っていた人形がくたりとしているみたいだ。平日なのにラフな普段着のせいもあるかもしれない。髪も整えていないし、よく見ると目の下にクマがあって、憔悴している様子だった。

「桐谷」

僕は八須賀さんの後ろから足を踏み出した。

「羽瀬――」

ようやく僕に気づいて、桐谷は大きく目を見ひらいた。

その口元が小刻みに震え始める。人が実際にわなわなと震えるところを、僕は初めて見た。

「桐谷……」

どう声をかけたらいいのか、それともいきなり怒ったらいいのか、まったくわからなくて、僕はただ名前を呼んだ。

壁に背中をつけていた桐谷は、力が抜けたようにずるずると座り込んだ。僕から目を逸らしてうなだれる。そして、いきなりがばりと頭を伏せた。土下座《どげざ》だ。

「ごめん！」

「えっ」

「ごめん！　悪かった。すまなかった。でも俺……俺」

肩が震える。くぐもった嗚咽が漏《も》れてきた。ひたいが床につくほどに頭を下げたまま、桐谷は泣き出した。

「うっ、ううっ……」

僕は呆気《あっけ》に取られて桐谷を見下ろした。八須賀さんと神薙さんも顔を見合わせている。

「土下座されても困るんですよねえ。一円にもならないし」

八須賀さんが聞こえよがしに大きなため息をつく。凄みのある笑顔で、言った。

「まあ、落ち着いて話をしましょうよ。中に入れてもらえますかね?」

「ユリは一昨日から帰っていない」

魂の抜けた様子でラグの上に座り込んだ桐谷は、誰とも目をあわさずにそう言った。「女はどこへ行った?」という八須賀さんの問いに対する答えだ。

「ユリ、ねえ。オレらの知ってる女は別の名前だったけど」

特に断ることなく煙草に火をつけて、八須賀さんが返す。桐谷は泣いたせいで赤い目を瞬かせた。

「どういうことだ?」

桐谷の今の住まいは、小綺麗な1LDKだった。家具は間に合わせって感じだけど、住み心地はよさそうに見える。

部屋の中に入ると、神薙さんはいきなり「悪いんだけど、コーヒーもらっていいか?」と言い出した。桐谷はとまどった様子で頷いた。

あまり使っていなさそうなキッチンで、ばらばらのカップに四人分のインスタントコーヒーを淹《い》れて、神薙さんはそれをリビングのテーブルに並べた。ソファは置かれていない。桐谷の向かいに八須賀さん、左右に僕と神薙さんが座った。三方を囲まれた桐谷は、肩を縮《ちぢ》めて身の置きどころがなさそうな様子だ。

「あんた、彼女のために金を借りたのか？」

八須賀さんはごくりとコーヒーを飲んで、「あち」と舌を出した。

桐谷は素直に頷く。もう抵抗する気もなさそうだ。

「女はどうして金が必要だって言ってたんだ？」

気を落ちつけようと、僕もコーヒーに口をつけた。熱い。そしてブラックなので苦い。でもその熱さと苦さが、いまはありがたかった。

「……父親が会社をつぶして借金を作って、母親は男と逃げたって。父親はろくに働かずに酒を飲んでばかりで、でも弟がまだ高校生で学費がいるって」

「へーえ。ベタだねえ。どこで知り合ったんだ？」

「パン屋で……ぶつかって彼女のトレイを落としちゃって。そのあと一緒に公園でパンを食べて」

さわやかな出会いだ。さわやかすぎて、僕はだんだん力が抜けてきた。

「彼女、パン屋になるのが夢だって言ってた。本当は専門学校に行きたいんだって。でも借金の返済と生活費のためにバイトをかけもちしてて……」

「弟って、会ったことあるのかよ？」

「ありますよ」

うなだれていた桐谷は、初めて顔を上げて言い返した。

「紹介されて、喫茶店《きっさてん》で会った。いつも姉がお世話になってますって。すごく礼儀《れいぎ》正しい子だった。

父親に会わせたくないからって、家は教えてくれなかったけど」

「ふうん。で?」

わざと顎を突き出すように頬杖をついて、八須賀さんは先を促す。神薙さんは黙ってコーヒーを飲んでいた。

「それで……つきあい始めてしばらくした頃、彼女が泣きながら俺の部屋に来たんだ。隠していた貯金が父親に見つかって、全部取られたって。もう体を売るしかないって」

「で、おまえさんがヒーローになったってわけかよ?」

「彼女には助けが必要なんだ!」

からかう口調に、桐谷は毅然として言い返した。こんな場面でもなければ男らしいかもしれない。

「助けって? 五百万くれれば救われるって言われたのかよ?」

八須賀さんは桐谷の顔に向かって、ふーっと長く煙を吐く。桐谷は嫌そうに顔を背けた。

「彼女はそんなことは言わない。俺から切り出したんだ。君の助けになりたい、弟さんの力にもなりたいって」

「つまり、君の家族になりたいって?」

「…っ」

図星《ずぼし》だったらしい。耳たぶがカッと赤くなった。

「そうだよ。悪いか? 彼女には僕が必要だと思ったんだ!」

(桐谷って……)

話を聞きながら、僕はだんだん自分が冷静になっていくのを感じていた。

就職してからはずっと忙しくて、いつも疲れていて、あまりまともにものを考えられなかった。連帯保証人になってほしいと頼まれた時も、そうだったかもしれない。そしてあの日、ホームから飛び降りた時には、頭にも胸にも真っ黒な重たい霧がたちこめていた。

いま、少しずつその霧が晴れていっているのがわかる。

「で、結婚したのかよ？」

「それは、まだ……」

急に歯切れが悪くなって、桐谷は再びうつむいた。

「とにかく父親から逃げて、弟の学校のこととかをちゃんとしてからじゃないと、自分のことは考えられないって。だから俺の部屋で同棲《どうせい》して……俺は弟と同居してもいいって言ったんだけど、それじゃお互いに気を使うから、弟は寮のある学校に入れるって。その費用とか、専門学校とか、当座の生活に金が必要で」

「──金、金、金」

歌うように節をつけて、八須賀さんが言った。陽気な人だけどこういう時は迫力があって、この人が借金取りだったら怖いだろうなと思う。

「金が仇の世の中だよな。なあ、羽瀬？」

桐谷ははっと顔を上げた。

「そうだ。どうして羽瀬がここにいるんだ？」

こちらに目を向ける。ようやく僕のことを思い出したらしい。

僕は黙って見返した。目と目があう。桐谷ときちんと目をあわせたのはひさしぶりだった。いまでもはっきりと思い出せる。入学式で僕に声をかけてきた、桐谷の明るい瞳。子供みたいな。桐谷は明るい人だった。社交性があって、誰にでも好かれて、友達もたくさんいて——僕にとっては、太陽みたいだった。狭い僕の世界の太陽だけど。

僕は桐谷が眩しくて、そばにいられるだけで嬉しかった。だから、桐谷の力になりたかった。僕にできることならしたかった。

（でも）

じっと目を見ていると、桐谷の方から目を逸らした。

「どうして、じゃねえよ。おまえがこいつに借金押しつけて逃げたからだろうが。最初からそのつもりで利用したんだろ。ああ?」

「利用なんて」

八須賀さんに凄まれて怯みつつも、桐谷はキッと反論する。

「利用しようとしたわけじゃない。金はちゃんと自分で返すつもりだったんだ」

「おまえが自分で金を返したのなんて、ほんの数回だろうが」

「…っ」

ぐっと詰まる。ぼそぼそと言い訳めいた口調で呟いた。

「だって、彼女との生活に思ったよりも金がかかって……身ひとつで出てきたから身の回りのものを買う金も必要だし、弟さんは友達の家に泊めてもらってるってことだったけど、食費とか」

「金づるじゃねえか」

「違う！　いまはお金を払えないけど、バイトしてきっと返すって。涙ぐんで俺にありがとうって言ってくれて……弟さんも必ず返しますって」

「その弟ってのは、どっから出てきたんだろうなあ」

煙草の煙を吐きながら、八須賀さんはどうでもよさそうな口調で言う。

「誰か知り合いに金を渡して弟役をやってもらったのかな。ああ、最近は金さえ出せばなんでもしてくれる奴がネットで簡単に見つかるか」

「バカなことを言わないでくれ！」

桐谷は気色ばんで声を荒げる。本気で怒っているように見えるけど、うすうす気づいていることを指摘されて、逆ギレしているようにも見える。

「彼女はそんな女じゃない。彼女は…」

「でも、金を持ち逃げされたんだろ？」

桐谷の顔から、すっと表情が消えた。いままで薄皮一枚で笑ったり怒ったりしていたのが、ぺらりと剥がれ落ちたみたいに。

「女が消えたら、金も消えていた。違うか？」

桐谷は答えない。目の焦点《しょうてん》がどこにも合っていない。

「あのさ」

ふいに、それまで黙っていた神薙さんが口をひらいた。

「あんた、彼女の何を知ってるんだ？」

静かだけど、重みのある声だ。桐谷はのろのろと顔を動かして神薙さんを見た。

神薙さんはジーンズの後ろポケットからスマートフォンを取り出した。桐谷の前に置く。

桐谷の目が大きく見ひらかれた。

覗き込まなくても、わかった。アユミちゃんが警官のコスプレをしているチラシの画像だ。

「彼女はこの店の一番人気だった。名前はアユミ」

「――」

「ほかにもある。こっちは横浜のキャバクラのチラシだ」

キラキラした店内をバックに、数人の女の子が一緒に映っている画像が見えた。みんなバニーガールの格好をしている。

「このキャバクラに行って、話を聞いてきたんだ。彼女――あんたはユリって呼んでたが、この店じゃエミリと名乗っていた」

「こっちのキャバクラじゃハルノだったかな」

八須賀さんが口を挟む。

「彼女は店の給料を前借りして、同僚の女の子にも金を借りて、それを全部踏み倒して逃げていた。消費者金融にも借金があった。ギャンブル狂《ぐる》いだったんだ」

「……ギャンブル？」

聞いたこともない単語のように、桐谷は呟いた。

「借金して酒を飲む父親も、進学費用がいる弟もいない。金を使っていたのは、彼女自身だ」

「……」

桐谷は無表情のまま、何も反応しない。聞いていないんじゃないかと思うくらいだ。

「あんたっていう金づるを見つけてしばらくは凌いだけど、借金元から逃げるために名古屋に引っ越した。あんただって、さすがに借りた金をそっくり彼女に渡したわけじゃないだろう？　彼女は残りの金を探していた」

話の途中で、桐谷はふらりと立ち上がった。聞きたくなさそうに小さく首を振る。ふらふらと窓辺に近づいた。

窓の外にはベランダがある。鉢植えも何もない、殺風景なベランダだ。いつから取り込んでいないのか、洗濯物が夜風にはためいていた。タオルにTシャツ。靴下。男物だけだ。

「一緒に引っ越せば、通帳の場所や暗証番号を知る機会もあったかもしれない。それに、俺らが写真を使ってこっちで彼女を捜したからな。あとを尾けられて気づいたのかもしれないし……どのみち、そろそろ潮時だった。彼女はあんたの前から消えることにした。残りの金を持って」

「そんな……違う。彼女はそんな……」

桐谷は何度も首を振る。その背中に向かって、神薙さんは言った。

「あんただって、うすうす気づいていたんじゃないか？　彼女はギャンブル熱が再燃して、軍資金《ぐんしきん》を作るためにキャバクラで働いていた。あんたと結婚する気なんてさらさらなかった。あの子は、あんたが思っているような健気で弟想いの女の子じゃない」

「――もうやめてくれ！」

振り向かずに、桐谷は怒鳴った。

荒い呼吸に肩が揺れている。少しの間、沈黙がおりた。八須賀さんが煙草の煙を吐く音だけが聞こえる。

「……俺は騙されていたんだな」

力ない声で、桐谷は呟いた。

ゆっくりとこちらを振り向く。その顔は苦悩に歪んでいた。

「俺はただ彼女を助けたかったんだ。あんなふうに涙を見せられて、弟まで出てきたら、誰だって信じるに決まってる。そうだろう？」

誰に向かって訴えているのか、熱のこもった調子で言いつのる。

「俺は騙されたんだ。俺だって被害者だ！」

僕は言葉を失くした。

桐谷の歪んだ顔からは、身勝手な自己愛しか見えなかった。自分だけが大切で、自分だけは悪くない。人あたりのいい笑顔が剥がれ落ちて、そんな本性がむき出しになる。

（……こんな）

こんな人だっただろうか？

彼女にいい顔をしたいから金を借りて、連帯保証人をつけるために嘘をついて。返せなくなった

くても。

　でも、そうかもしれない。出会った頃から、桐谷には自己中心的なところがあった。うわべはよら、すぐに逃げて。

　ゼミの仲間がバイクで転んで怪我をして、しばらく生活が不自由になったことがあった。その時、桐谷は率先して手助けをしようとみんなに声をかけていた。でも面倒な食事作りや掃除は僕や女の子にやらせて、自分はバイトで忙しいからと買い物を手伝うくらいだった。それでいて、完治した時は大げさに祝《いわ》ってあげていた。

　桐谷の周りにはいつもたくさん人がいたけれど、必要に応じて友人を使い分けるところもあった。ノートを借りるなら真面目な友人、合コンをするなら顔の広い友人、って。それを悪気なくやっていた。

「……どうして、僕を連帯保証人にしようと思ったんだ？」

　僕は桐谷を見上げて訊いた。桐谷は気まずそうに顔を逸らす。

「だって親は反対するに決まってるし……こんな頼み、羽瀬しか聞いてくれないと思ってさ」

「じゃあ、どうして嘘をついたんだ？」

　せめて本当のことを言ってくれていたら。

　好きな子を助けたかったから。彼女の力になりたかったから。せめてそう言ってくれたら。

　騙されてるんじゃないかって思ったかもしれないけど、桐谷が本気だったら、考えたかもしれない。少なくとも、電車に飛び込むほど絶望することはなかった。

「……だって」

大人に言い訳をする子供みたいな顔で、桐谷は言った。

「女の子のためって言うより親のためって言った方が、助けてくれそうだと思ったからさ」

「——」

怒るべきだったのかもしれない。

だけど怒るより呆れるより、なんだか思考が飛んでしまって、僕は頭が真っ白になった。

「……ふざけんなよ」

低い声がした。

はっとした。神薙さんが桐谷のコーヒーカップに手を伸ばす。桐谷は口をつけていなかった。たぶんもう冷めている。

それを持って立ち上がり、すたすたと桐谷の下へ行くと、無言で頭上からコーヒーをぶちまけた。

「なっ…、何するんだ！」

一瞬ぽかんとしてから、桐谷は声をあげた。顔やTシャツから茶色い水が滴っている。

神薙さんはカップを床に叩きつけた。フローリングの床で、ガッと派手に割れる。桐谷はびくりと肩を跳ね上げた。

その胸ぐらを、神薙さんはぐっとつかみ上げた。

「あんた、羽瀬がどれだけ追いつめられてたかわかってんのか?」

低い、迫力のある声だ。据《す》わった目で桐谷を睨みつけた。

「そ…、そんなことあんたに言われる筋合いは」

「羽瀬は電車に飛び込もうとしたんだよ」

「えっ」

桐谷は僕に目を走らせる。そのTシャツの首元を、神薙さんはさらに締め上げた。

「うっ」

「か、神薙さん」

僕は中腰になった。身長は神薙さんの方が高く、力も上だろう。桐谷は苦しそうに顔を歪める。

「五百万の借金を背負わされたからじゃない。友達に嘘をつかれたことがつらいって、羽瀬は言ってた。裏切られたことが何よりつらいって。そういう奴なんだよ。あんた、そんな相手をよく騙せたな」

「ち、違う。騙そうと思ったわけじゃ……俺だって被害者で」

「被害者ぶるんじゃねえ！」

「うぐっ」

両手でさらに強く締め上げる。ギリ、と音が聞こえそうだ。Tシャツの襟元がよじれ、桐谷の顔がだんだん赤みを帯びてきた。まずい。息ができていない。

「やめてください、神薙さん！」

僕は二人のところに駆け寄った。けれど神薙さんは僕を見ない。腕の力はまったくゆるまず、拳に血管が浮いていた。

桐谷の踵が床から浮いた。顔が赤を通り越して、赤黒くなってくる。

「神薙さん…っ」

小さく息を呑んだ。

桐谷を見据えた神薙さんの目は、ぞっとするほど怖かった。冷ややかだけど、底に熱い怒りが渦巻いているのがわかる。

これまで僕が見てきた神薙さんは、あまり感情の上がり下がりのない人だった。疲れていたり傍若無人だったりしたけれど、フラットに人や物事を受け入れて、動じることがなかった。そういう人なんだと思っていた。落ち着いていて、懐が深くて。

でもいまは、誰にも、神薙さん自身にも制御できなさそうに見える。

どうしよう。このままじゃ桐谷が窒息してしまう。

「八須賀さ…」

「――はい、そこまで」

八須賀さんを振り向こうとした時、ばしゃっと何かの液体がぶちまけられた。

「うわっ」

僕にもかかる。驚いて身を引いた。

「なに…」

自分の胸元を見下ろす。水だ。ただの水だった。八須賀さんがコップに水をくんで、神薙さんの頭からぶちまけたのだ。

「ちくしょう、なんだよ」

神薙さんは桐谷を締め上げていた手を放して、濡れた犬みたいにぶるぶるっと首を振った。解放された桐谷は床に崩れ落ち、激しく咳き込む。

「ただの水だよ。コーヒーよりマシだろ。いまの季節ならすぐに乾く」

八須賀さんは涼しい顔だ。

「ひでえな」

神薙さんはばさりと髪をかき上げた。その髪から水が滴り落ちる。フローリングの床はコーヒーと水でぐちゃぐちゃだ。でもこれで、我に返ったみたいだった。

僕はほっとした。桐谷を放してくれたこともそうだけど、神薙さんが元に戻ったことに。

「ったく。仁は沸点《ふってん》高いくせにキレるとやばいからな」

やれやれって感じで八須賀さんは肩をすくめる。自分より背の高い神薙さんの後ろ襟をつかんで、「おまえはちょっと引っ込んでろ」と脇に追いやった。

「さて、と」

桐谷は四つん這いになって咳き込んでいる。その前に八須賀さんはしゃがみ込んだ。

「んじゃあ、これからおまえの実家に行くとするか」

「は⁉」

咳き込みながらも、桐谷は目を剥《む》いた。

「どうして俺の実家に行くんだよ」

「バカ息子の行状《ぎょうじょう》を報告して引き取ってもらうために決まってんだろ」

「親は関係ないだろ」

「そんなセリフは自分で自分のケツを拭えるようになってから言えってんだ。バーカ」

ふーっと桐谷の顔に煙を吹きつける。

「ついでに借金の連帯保証人を親に書き換えてもらわねえとな」

「ま、待ってくれ。親には知られたくないんだ」

「アホか。だからって他人に迷惑かけていいわけねえだろ」

あっさり言い捨てて、さっきの神薙さんと同じように桐谷の胸ぐらをつかむ。乱暴に床から引き上げた。

「いいか。逃げようなんて思うんじゃねえぞ。おまえみたいな素人《しろうと》、逃げたって見つける方法はいくらだってあるんだからな」

煙草の火がひたいに触れそうだ。ジジッと小さな音がした。髪が焦《こ》げたらしい。桐谷は顔を歪めて唇を噛んだ。

「それにオレらだけじゃなく、あんたに金を貸した奴らも捜してるからな。逃げない方が身のためだ」

「……え？」

桐谷はぽかんとした。

「待ってくれ。あんたたち、金融会社の人間じゃないのか？」

「誰がそんなこと言った？」

くわえ煙草で、八須賀さんは不敵に笑った。

「オレらは羽瀬の友達だよ。友達が困ってるから、助けてるんだ」

「え、で、でも」

「羽瀬にはうまいメシ食わせてもらって、世話になってるからな」

「八須賀さん……」

こんな場面だけど、僕は感動してしまった。顔は怖いけど。初対面では叫び声をあげてしまったけど。

じゃあ行くか、と八須賀さんは桐谷の腕をつかんで歩き出した。桐谷は抵抗するけれど、ずるずると引きずられていく。

「ま…待ってくれ。せめてシャワーを」

「そのまんまでいいよ。新幹線に乗る頃には乾くだろ。みっともない格好の方が親の同情買えていいんじゃね？」

「そんな…」

意気消沈した桐谷を八須賀さんは乱暴に引っぱっていく。リビングのドアの前で立ち止まって、僕たちに言った。

「このままこいつの実家に行くよ。おまえらはどうする？　せっかくだから泊まってけば。味噌カツ、うまいぜ」

「え、と……」

「羽瀬」

神薙さんが僕を振り向いた。

「何か言わなくていいのか」

桐谷に、という意味だ。

「……」

僕は桐谷を見た。

大学の頃の、眩しい太陽を見上げるような気持ちは、もう僕の中になかった。桐谷はたしかに明るかったけれど——その光は、ぺかぺかした薄っぺらい蛍光灯だ。

「……ひとつだけ、訊きたいことがあるんだ」

桐谷は上目遣いで僕を見た。

「入学式の日、どうして僕に声をかけたんだ?」

最初から僕はカモにされていたんだろうか。利用しやすそうだと思って近づいたんだろうか。

そんなことがいまさら気になるんだから、僕はやっぱり小さな人間だ。でも、知りたかった。

「別に……」

桐谷は顔を逸らす。いまさらそんなことどうでもいいだろうと言いたげな顔で、答えた。

「言っただろ。初恋の子にちょっと似てたんだよ」

「——」

その時の僕の気持ちを、どう言ったらいいのか。

バカバカしくて、吹き出しそうで、脱力して。でも何よりも——腹が立った。自分に。

(……桐谷って)

僕はいままで桐谷の何を見ていたんだろう。世の中の何を見ていたんだろう。こんな男に憧れて、裏切られて。身も心も疲れ果てて、あげく電車に飛び込むなんて。

(桐谷って、ひょっとして……バカ?)

桐谷はたぶん何も考えていない。利用しようなんて、考える狡さすらない。ただひたすら自分の都合のいいように動いて、まずくなったら逃げただけだ。

——もう、たくさんだ。

こんなバカにはつきあわない。

そのまま部屋を出ていってもよかった。でもあんまりにも自分が情けなくて、バカだったこれまでの自分にケリをつけたくて、僕はすたすたと桐谷に近づいた。

桐谷はちょっと身構える。怯えたような顔がおかしかった。

奥歯を噛み締めて、拳を握る。それを高く振り上げて、僕は思いっきり桐谷の頬を殴りつけた。

「…っ、!」

ぐにゃりと肉がひしゃげる感触と、その奥の硬い骨の感触。

人を殴るなんて、生まれて初めてだ。うまく殴れなかったと思う。殴った自分の拳も痛い。

でも、それなりのダメージはあったらしい。桐谷はぐらりとよろけて、八須賀さんに支えられた。

「うう…」

「やるねえ」

八須賀さんは楽しそうだ。桐谷は頬を押さえて唸っている。

何か言ってやろうと、深く息を吸った。

でも、何も思いつかない。僕は人を罵《ののし》ったことがない。文句を言ったこともあまりなかった。

とっさに思いついた言葉を、そのまま口にした。

「豚に食われろ！」

桐谷と八須賀さんは、揃ってぽかんとした。

「――は」

一拍おいて、爆発するような笑い声が上がった。

「ははっ！」

神薙さんだった。神薙さんが大きな笑い声をあげている。身をのけぞらせて、おかしくてたまらないみたいに。

そして僕のところに来ると、ぐしゃっと僕の髪に手をおいて、満面の笑顔で言った。

「よく言った！」

僕はけっこう単純かもしれない。

神薙さんのこんな笑顔で、底から引っぱり上げられたような気持ちになるなんて。

「よし。んじゃあ、行くか」

すっかり抵抗する気をなくした桐谷を伴って、部屋を出る。八須賀さんと桐谷はそのまま駅に向かった。

二人の姿が道の向こうに消えると、神薙さんが僕を振り返った。

「で、どうする？　味噌カツ食いに行くか？　先に宿を確保しとくか」

空にはもう星がまばらに輝いていた。夜気は夏の熱気をまだほのかに宿している。僕の中にも、さっきの興奮が尾を引いていた。

「飲みにいきましょう」

「え」

宣言するように言うと、神薙さんは目を瞬かせた。

「今日は飲みたい気分なんです。愚痴を言うかもしれませんけど」

そういえば、神薙さんは酒をひかえめにしているんだった。肝臓《かんぞう》だろうか。よく仕事で無理をする人だから、ありえそうだ。

けれど目尻に優しい皺を作ると、神薙さんは微笑んで言った。

「いいよ。愚痴、聞いてやるよ」

「あれ、ミキオが俺に言ったセリフだろ。豚に食われろっての」

「だって罵り言葉とか思いつかなくて……とっさに頭に浮かんだから」

「いや、いいよ。よく考えると意味わかんねえけど、なんかすごく傷つくから」

適当に入った居酒屋で、神薙さんはよく笑った。

ありふれた騒がしい居酒屋だ。サラリーマンたちが気勢を上げているフロアの隅で、向かい合わせに座って飲んだ。神薙さんはビールをゆっくり飲んでいる。あまり飲めない人の前で飲むのは気が引けたけど、気にせず飲めと言われたので、僕はハイペースでジョッキを空けていた。

「だいたい、桐谷は昔から調子がいいんですよ。授業さぼって遊びにいっておきながら、試験前になると僕に泣きついてきて」

「うん」

「あいつが卒業できたのは僕のおかげです」

「うん、そうか」

神薙さんはくつろいだ様子で名古屋名物の手羽先の唐揚げにかぶりついている。僕はビールを日本酒に切り替えた。無性に酔いたい気分だった。

社員を使い捨てるブラックな会社も、友達を使い捨てる桐谷も、もうたくさんだ。

「僕、もう誰かの都合のいい人間でいるのはやめます。前の会社の上司だってそうだった。取引先や営業には調子のいいこと言って、そのツケを全部こっちに回してきて……」

まずい。これは酔っている。僕は酔うと愚痴や泣き言を言う。わかってはいたんだけど、止められなかった。

「目標達成すると自分の手柄で、届かないと部下の失態で……僕、なんであんなところで何年も我慢してたんだろう」

愚痴はぐるぐる回る。だんだん頭の中も回ってきた。さっきから同じことを言っている気がする。

こんな酔っぱらいの相手をするのは大変だろうけど、神薙さんはゆったりと構えていた。さっき怒ったり大きな声で笑ったりしたのが嘘のように、いつもの神薙さんに戻っている。一度跳び上がって山になったグラフが、フラットな線に戻るみたいに。

「そういう奴はどこにでもいるんだよ」

ワイルドに肉を齧《かじ》って骨から引き剥がしながら、神薙さんは言った。

「外面がよくて、内心じゃ自分のことしか考えてなくて……そういう奴はどこにでもいる。そいつらは平気で他人を踏みつけにできる。罪悪感なんて、これっぽっちも持たない」

ジョッキのビールを飲み干す。拳で口元を拭って、店員を呼んでウーロン茶を注文した。

「だってそいつらは、自分は特別だ、自分には魅力《みりょく》や力がある、だから周りの連中は自分の役に立って当然だって思っているからな」

その時だけ、穏やかな顔がふっと引き締まって真顔になった。

「そういう奴らに対抗するためには、こっちもできるだけしたたかになるしかないんだよ」

「……」

僕は神妙になってうつむいた。たしかに、僕は弱かった。弱すぎた。僕の弱さにも責任があったんじゃないだろうか。

「大丈夫だって」

僕が黙り込むと、神薙さんはすぐに穏やかな顔に戻った。

「羽瀬は強いよ。これから、強くなれる」

手を伸ばしてきて、僕の髪をくしゃりとかき回した。

「俺らを見てみろ。底辺だけど、案外ずぶとく生きてるだろ?」

「……神薙さん」

じわりと目頭が熱くなった。

だめだ。僕はそうとう酔っている。頭の上にのせられた手の重みが嬉しくて、染み入るような笑顔に胸が締めつけられて、泣き言がほんとの涙になりそうだ。

「あー、よしよし。泣くんじゃねえよ」

さらに髪をかき回される。きっとぐちゃぐちゃになっている。顔までぐちゃぐちゃになりそうで、僕はぐいっと冷やの日本酒を呷った。

さすがに飲みすぎなんじゃないかと止められる頃には、僕は完全に酔いつぶれていた。

いつ店を出たのか、よく覚えていない。ホテルに入ったのもうろ覚えだった。部屋はツインで、神薙さんに体を支えられ、どさりとベッドに横たえられた。その時だけ、意識がアルコールの沼から浮かび上がった。

「……すみませ……」

かなり迷惑をかけている自覚はあった。謝ると、間近にある神薙さんの顔が微笑んだ。こんなに近づいたのは初めてだ。目尻にうっすらと皺。その皺を、好きだなと思った。

「水を持ってくるよ」

部屋にある冷蔵庫からペットボトルを二本持ってくる。僕のそばに座り、「ほら」と差し出した。

背中を支えてもらって上体を起こす。神薙さんの隣に座って、ミネラルウォーターを飲んだ。冷えた水が喉を下りていくと、少し気分がすっきりした。

部屋の照明は落とされていて、ベッドサイドのライトだけがぽつんと灯っていた。窓の外には彼方まで夜景が広がっている。こんなふうに高いところから夜景を見ることなんて、そういえばずいぶん長い間なかった。

「大丈夫か？　吐き気とかはないか」

こんな遠くまで来て、あげく飲みにまでつきあわされて、神薙さんもそうとう疲れているだろう。自分が恥ずかしくなった。

「すみません、僕……神薙さんに助けてもらってばかりで」

神薙さんにはみっともないところを見せてばかりだ。人生の限界で、どん底にいたから。

「お互い様だろ。俺らも羽瀬には助けてもらってるからな」

神薙さんも水を飲む。静かな部屋で、ごくごくと喉が動く音が僕の耳をくすぐった。

「……羽瀬はさ」

ペットボトルから口を離し、小さく息をついて、神薙さんは言った。考えながら話しているように、ゆっくりと。

「バカみたいに真面目で、不器用で、損ばかりしてて……優しくてさ」

（バカ？）

「でも、羽瀬を見てると、まだこんな人間がいる、がんばってる、って思うよ。だったら世の中も、けっこう捨てたもんじゃないんじゃないかって」

ひとりごとのような口調だった。床に視線を落としながら、ぽつりと呟いた。

「羽瀬がいてくれるだけで、俺は救われる」

「そんな……」

「だからさ。いいよ、羽瀬はそのままで」

こっちを向いて、にっと笑った。

「まあ、もうちょっとずぶとくなってもいいけどな」

「……」

僕はペットボトルをぎゅっと握りしめた。目頭が熱くなって、あわてて下を向く。

「……僕、神薙さんに助けてもらってよかったです。あの家に連れてってもらって、よかった」

前から思っていたことだけど、口にすると、あたたかい気持ちが胸いっぱいに広がった。

「あの時死ななくて、よかった――」

（あれ）

変だ。酔っぱらって、僕はおかしくなっている。よかったと思ってそう言っているのに、目から涙がぼたぼたっと落ちた。

「羽瀬……」

神薙さんが心配そうに僕を見る。僕はあわてて涙を拭った。

「な、なんでもないです。大丈夫」

知らなかった。嬉しくて涙が滲むことはあるけれど、こんなふうにぼろぼろと流れることもあるなんて。

それともこれは、別の気持ちも混じってるんだろうか。嬉しくて、でも胸のどこかが引き絞られるように痛くて。

「羽瀬はさ、その…」

少し言いにくそうに、神薙さんは口をひらいた。

「桐谷のことが……好きだったのか?」

「…っ」

僕は唇を噛み締めた。

そうだ。僕は桐谷のことが好きだった。初恋だったと言ってもいい。

小学生の頃には、僕は自分が女の子に興味を持てないことに気づいていた。別に嫌いじゃないけれど、スカートの中を覗きたいとは思わない。かといって、同性に熱い片想いをしていたわけじゃない。引っ込み思案だったせいもあって、ほんのり憧れる程度の相手がいただけだ。

初めて心から好きだと思ったのが、桐谷だった。

だから——ショックだったのだ。初めて恋をした相手に利用されて捨てられるのは、世界のすべてから拒絶されるような絶望だった。

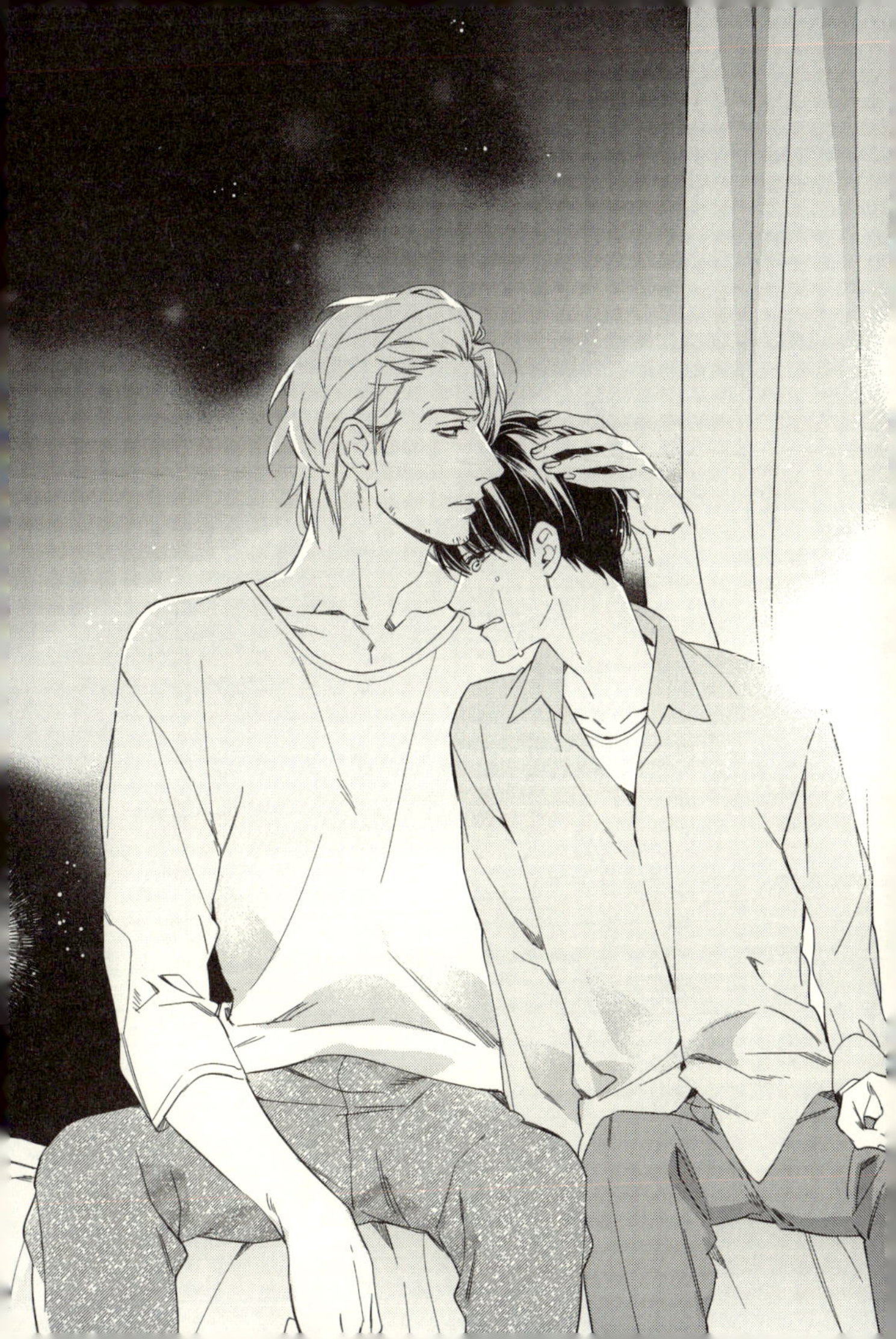

「……好き、でした。でも……」

でもいまは。

言葉につまって、うつむく。言葉のかわりに涙ばかりが流れ出る。僕は壊れた機械みたいだ。感情の回路がうまく繋がっていなくて、嬉しいと思っているのに、涙が出る。

生きててよかった。

神薙さんと出会えて、よかった。

「あーもう。だから泣くなって」

神薙さんは僕の頭に手をやる。でも今度はぐしゃぐしゃと髪をかき回すんじゃなくて、そのまま自分の方に引き寄せた。

「…っ、――」

肩口に顔を埋める。神薙さんの体温を感じた。かすかに汗の匂いがする。それだけで胸がいっぱいになって、また涙が出た。

「大丈夫。大丈夫だから」

囁《ささや》く声で、そう繰り返す。子守唄みたいに。何が大丈夫なのかわからないけど、大丈夫って思えた。安心した。

髪を撫でる手が呼吸と同じリズムを刻む。目を閉じて、僕はそのリズムと体温に身を預けた。

5

十月、僕はアルバイトを始めた。

ハローワークにも行っていたけれど、前職と同じようなパソコン関係や事務の仕事は、どうしてもやる気になれなかった。かといってやりたい仕事もできる仕事も、簡単には見つからない。そんな時にたまたま入った料理店の定食がすごくおいしくて、アルバイト募集の張り紙を見つけて、その場で決めてしまった。社会復帰のためのまず一歩、と思って。

家から電車で二駅のところにある、ご夫婦でやっているこじんまりとした和食の店だ。自分に接客ができるか最初は不安だったけど、さいわい客筋もよく、店主夫妻もとてもいい人たちで、楽しく仕事ができていた。店で覚えたメニューを家で作ることもある。プロの味を真似すると格段においしくなって、料理の仕事がどんどんおもしろくなっていった。

最初は昼の営業と夜の仕込みの手伝いまでだったけど、慣れてくると、忙しい時だけでも夜の営業も手伝ってくれないかと言われるようになった。そうすると、シェアハウスの夕飯は作れない。

「うちのことは気にしなくていい。羽瀬に教えてもらったおかげで、みんなけっこうまともなものが作れるようになってきたからな」

神薙さんはあっさりそう言ってくれた。

「すみません」

「いや。よかったじゃないか。電車にも乗れるようになったし」

「はい」

一緒に夕飯を作っている時だった。メニューは洵くんの大好物のハンバーグで、神薙さんは付け合わせのじゃがいもの皮を剥いていた。

僕は玉ねぎを切っていた。慣れてはいても、目に沁みる。

「……あの、僕」

その日はたまたま他の住人がいなくて、二人きりだった。ほんとはまだ誰かに話すような段階じゃないいんだけど、神薙さんには聞いてほしくて、口をひらいた。

「専門学校に通おうかなって、ちょっと考えてて」

「専門学校？」

神薙さんは手を止めてこちらを向く。僕はあわてて付け加えた。

「あっ、いえ、まだちゃんと決めてはいないんですけど。でもオフィス仕事はやっぱり自分には向かないみたいで……だったら、何か資格を取った方がいいかなって」

「たとえば調理師とか？」

「は、はい。いままで考えてもみなかったけど、そういう道もあるのかなって。ここに住んでるおかげであまりお金がかからなくて、貯金もけっこう残ってるし……バイトしながらなら、なんとかなるんじゃないかと」

「へえ…」

神薙さんは軽く目を細めた。眩しいみたいに。それから、笑った。

「いいじゃないか。応援するよ」

「ありがとうございます。でも、ほんとにまだ考えてるだけなんですけど」

照れてしまって、ダンダンと玉ねぎを切る。すごくこまかいみじん切りになった。

「……初めて会った時にさ」

神薙さんは前に向き直って、じゃがいもの芽を取り始めた。

「羽瀬が駅の救護室で泣き出した時には、どうしようかと思ったけど」

「えっ、や、やだなあ。忘れてくださいよー」

僕は焦って変なテンションで笑った。恥ずかしい。神薙さんはしみじみした声で続ける。

「でも、羽瀬は変わったよな。桐谷祐二にも向き合えたし、バイトもがんばってるし。将来のこともちゃんと考えてるしさ」

「神薙さんのおかげです」

社交辞令じゃなく本当にそう思って、言った。死にそうだった僕を救ってくれたのは、神薙さんだ。それから、シェアハウスのみんなと。

「俺は何もしてないよ。羽瀬自身の力だ。……だからさ」

「はい？」

「この先どんな道に進むにしても、いずれちゃんと再就職したら――そうしたら、羽瀬はここを出ていった方がいいかもしれないな」

「え？」

僕は包丁を止めて神薙さんを見た。神薙さんは今度はにんじんの皮を剥いている。

「あの、でも、まだ専門学校もどうするか決めてないし……」

「ああ、もちろんまだ先の話だし、羽瀬がいいなら好きなだけいてくれてかまわないんだけどさ」

こっちを見て、ちらっと笑う。

「でも、羽瀬は俺らと違って、元々まともで真面目だからな。ここは崖っぷちの人間ばかりが集まってるから、ひきずられたら悪いよなって」

「そんな……」

否定したいんだけど、何をどう返したらいいのかわからない。たしかに僕はバカがつくほど真面目だと言われたし、いずれ再就職したら、崖っぷちじゃなくなるかもしれない。

(でも)

まな板の上の大量のみじん切りに視線を落とす。やけにこまかくしたせいで、盛大に目に沁みた。

——羽瀬は俺らと違って
線を引かれた気がした。僕と、ほかの住人たちの間に。同じだと思っていたのに。

「これ、茹《ゆ》でるんだっけ?」

「あ、はい。えーと、にんじんは洵くんが食べやすいように甘めのグラッセにしようと思って」

慌てて目を瞬かせる。神薙さんに見られないよう、こっそり横を向いて袖で目元を拭った。

秋は駆け足だ。秋雨といくつかの台風が通り過ぎると、急速に空気が冷たくなっていった。あまり手入れをされていない限界ハウスの庭の木々も、赤や黄色に色づいていく。

シェアハウスのメニューにも、シチューや鍋みたいな温まる料理が増えてきた。古い木造の家だから冬は寒いけど、大勢で鍋を囲むととても温まる。居間には、昔の小学校にあったような大きな石油ストーブが登場した。

そんなふうに冬が始まり、気の早い世間がクリスマスや年末に向けて慌ただしくなり始めた、十二月初旬のことだった。

（寒くなったなあ）

僕はコートのポケットに手を突っ込んで夜道を歩いていた。今日は閉店まで働いて、体は気持ちよく疲れている。空にはほぼ満月の丸い月が出ていた。冴《さ》えた夜空に光る月は明るく、街灯よりも遠くまで道を照らしてくれる。

（里芋《さといも》の和風グラタン、おいしかったな。洵くんは里芋があんまり好きじゃなさそうだったけど、あれなら喜んでくれるかな）

持たせてもらった総菜《そうざい》の袋を下げて、『限界ハウス』にたどり着く。生け垣に囲まれた家は、月の光の下でひっそりと佇んでいた。

家の窓はどこも真っ暗だ。めずらしく誰もいないらしい。

この週末、眠多さんと洵くんは泊まりで旅行に出かけていた。小説の方でお金が入ったから、洵くんに紅葉《こうよう》を見せたいと言って。八須賀さんも仕事で出張だとかで不在だ。

鍵を開け、からからと玄関の引き戸を開ける。明かりのついていない家に帰るのはずいぶんひさしぶりだった。

神薙さんは、今日は知り合いの結婚披露宴《ひろうえん》に行っていた。出かける時に顔をあわせたけど、髪をさっぱりカットして髭も剃り、ダークスーツを身につけた神薙さんは、正直別人みたいだった。

「スーツ持ってたんですね……」

感嘆しつつ呟くと、ネクタイを整えながら苦笑した。

「まあ、一応。会社勤めしてたからな」

「結婚するのはお友達ですか？」

「いや、以前の上司で…」

ふっと言葉を止めた。何かの感情が湧き出てきそうになったところを、むりやりシャットアウトした、って感じだった。

神薙さんは以前勤めていたデザイン事務所をトラブルで辞めたと聞いたことがある。本当は行きたくないけれど、仕方なく出席するのかもしれなかった。

明かりをつけながら廊下を進む。ミキオくんも帰ってないらしい。ミキオくんはこのところ外泊が多かった。彼氏のところだろうと神薙さんは言っていたけど、前に怪我をしていたから心配しているみたいだ。

（今日は一人か……）

ふだん人の気配に満ちた家だから、よけいに静けさを感じる。台所に入って総菜を冷蔵庫にしまい、ふうと息をこぼした。その音がやけに際立ってしまい、ちょっと身をすくめた。

（だめだな）

少しは強くなった気でいたけれど、人といるのに慣れたぶん、弱くもなっているらしい。これじゃだめだと気を引き締めて、風呂場に向かった。

熱い湯を張って体を沈める。せっかく一人なんだから、のんびりつかった。外では風の音が強くなっている。庭の木々がざわついていた。

風呂を出ると、僕は雨戸を閉め始めた。縁側の雨戸は重い木製で、開け閉めに力がいる。ガタガタと動かしていると、玄関の方で車の音がした。

家のすぐ前で停まる。バンとドアを閉める音が聞こえて、生垣の向こうをヘッドライトが通り過ぎていった。

（タクシー？）

うちの誰かだろうかと思っていると、チャイムが鳴った。住人だったらチャイムは鳴らさない。あわてて玄関に駆けつけた。

引き戸を開けると、人が二人立っていた。

「どうも。こんばんは」

一人は知らない人だ。三十代くらいの男性で、スーツにコート姿だった。その人に半ば抱えられ、ぐったりと顔を伏せているのは——神薙さんだった。

「神薙さん！」

僕は急いで三和土《たたき》に下りた。肩に触れて顔を覗き込む。と、強いアルコールの匂いがした。思わず顔をしかめるくらいの。

（お酒？）

神薙さんは酒を飲んでいる。しかも、かなり酔っぱらっているらしい。体を壊してひかえめにしていると言っていたのに。

「えーと、ここのシェアハウスの人？」

神薙さんを抱えている人が言った。こっちの人は素面《しらふ》のようだ。明るいブラウンの髪で、首元にお洒落なストールを巻いている。全体的に垢抜けてスマートな印象の人だった。

「神薙の友人で、宮間《みやま》といいます。今日は結婚パーティに行ってたんだけど」

「あ、はい。聞いてます」

「こいつ、飲み過ぎちゃってね。つぶれちゃったんで送ってきたんだ」

「そ、そうですか。ありがとうございます。神薙さん、大丈夫ですか？」

「……ん……」

神薙さんは目を閉じたまま低く呻く。出かける時はきちんと整えていた髪がばさばさに戻っていた。ネクタイはどこかに行っていて、シャツのボタンが三つ目まで開いている。

「パーティでこんなに飲んじゃったんですか？」

「いや、そこから流れて二人で飲んでたんだ。久しぶりだったから、つい飲ませちまって……おい神薙、家ついたぞ！」

宮間さんはぺちぺちと神薙さんの頬を叩く。そんなに強くはなかったけど、神薙さんは乱暴に払いのけた。

「うるせえ！　さわるな……」

僕はちょっと身を引いた。初めて会った時のような、少し怖い感じになっている。

「ハハ。こいつ、酔うと口悪くなるから」

宮間さんは平気そうだ。神薙さんを抱えなおして、にこりと笑った。

「神薙の部屋まで運ぶからさ、手伝ってくれる？」

「は、はい」

僕も手を貸して、神薙さんの靴を脱がせて家の中に入れた。意識はあるようだけど足元がふらついている。宮間さんは神薙さんと同じくらい身長があって、なんとか階段を上らせることができた。僕一人だったら大変だっただろう。

神薙さんの部屋は僕の斜め向かいだ。二階の部屋はリフォームされていて、床が板張りになっている。入り口は引き戸で、鍵はない。部屋の奥にベッドがあり、そこに神薙さんを横たわらせた。

「よっ、と。ほら、コートとスーツは脱げよ。皺になるだろ」

「かまうなって言ってんだろ……」

「あーはいはい」

二人がかりでコートとスーツを脱がせる。ワイシャツはボタンだけはずし、ばさりと毛布をかけて、宮間さんはふうと息をついた。

「ごめんね。迷惑かけて」

「いえ。水を持ってきます」

僕は一階に下りて台所に行き、冷蔵庫からミネラルウォーターのペットボトルを取った。宮間さんも飲むかなと、トレイにコップを二つのせて持っていく。

「あの、水を…」

「ありがとう。でも、寝ちゃったよ」

ベッドの上の神薙さんは、毛布をかぶって壁の方を向いていた。呼吸は静かだ。

「枕元に置いておけば、目が覚めた時に飲むと思うよ」

「はい。宮間さんも飲みますか?」

「ああ、ありがとう。もらうよ」

コップに注いで手渡す。宮間さんが水を飲んでいる間、僕は初めて入った神薙さんの部屋をついしげしげと見てしまった。

けっこう散らかっているけれど、まあ想像通りだ。でも散らかっているのは洋服やゴミじゃなくて、本と紙類だった。

かなり大きな本棚があるのに、あふれて床に山積みになっている。美術書やデザイン、広告関係の本が多いみたいだった。ノンフィクションや小説、事典もある。

デスクとサイドキャビネットの上には、いろんなサイズの紙やファイル類がやっぱり山積みになっていた。山というより、タワーだ。ちょっとバランスを崩したり風が吹いたりしたら、いっぺんになだれ落ちそうだ。

「あいかわらず散らかってんなあ」

　宮間さんが苦笑した。

「まあ、人が増えたから、自分の部屋以外は散らかしてないみたいだけど」

「よく来てたんですか？」

「大学の同期だったんだ。その頃ここは下宿屋だったけど、人が減った頃はよく泊まりに来てたな」

「そうだったんですか」

「君、最近ここに来た子だろう？　神薙が話してたよ」

「えっ、なんて？」

　それまでは小声で話していたけど、少し声が跳ね上がってしまった。宮間さんはさらりと笑う。

「すごくいい子で、優しいやつなんだって。優しすぎて、うまく生きられないって」

「そんな…」

「君のこと、気にかけてたよ。こいつ、こう見えて情が深いからさ」

　知っている。神薙さんは第一印象がちょっと怖くて、なかなか自分の内側を見せない人で、でも本当はとても懐が広くて深い。そして一度中に入れたら、たぶん簡単には手放さない。

　僕は神薙さんの内側に入りたくて、でもさりげなく遠ざけられて、焦れている。もっと近くに行きたいのに。もっと、この人の――

「うまく生きられないのは、神薙も同じだと思うけどね」

宮間さんはデスクの前に立った。山積みの紙の上から、ぺらっと手に一枚取る。

たぶんピンクチラシだ。それを、難しい書類でも見るような厳しい顔で見つめていた。

「……こいつはさ、本当はこんな仕事してるようなやつじゃないんだよ」

「え?」

訊き返した時、ベッドの上で神薙さんが寝返りを打った。低く呻く。目は閉じているけれど、嫌な夢でも見ているみたいに眉間に皺を寄せていた。

「出ようか」

宮間さんが囁いて、僕たちは電気を消して部屋を出た。

「あの、よかったらコーヒーでも淹れましょうか」

「あー、ありがとう。そうだな。酔い覚ましにもらおうかな」

一階に下り、コートとストールをハンガーにかけて、居間に座ってもらった。台所でコーヒーを淹れる。外はまだ風がおさまっていないようで、時おり吹く強風に雨戸がカタカタと鳴っていた。

「静かだな。ほかの住人はいないの?」

カップを二つ置き、座卓の角を挟む形で座った。宮間さんはブラックで、僕はミルクを入れる。

「旅行とか出張とかで、たまたまみんないなくて」

「ふうん。君がいてくれてよかったな。ああでも、酔った神薙には近づかない方がいいけどね。あいつ、箍《たが》が外れちゃうから」

軽く笑う。僕は首を傾げた。

「箍が外れる？」

「あー……、そうか。知らないんだよな」

あぐらをかいた宮間さんは、よけいなことを言っちゃったかなという顔で目を逸らしてコーヒーを飲んだ。

「……あの、神薙さんって、体を壊してお酒をひかえめにしてるって聞いたんですけど」

「体？　いや、肝臓とかはまだ大丈夫なはずだけど……」

宮間さんは僕と目をあわせない。見つめていると、ふっと息をこぼして、こちらを向いた。

「まあ、ここの人たちはみんな知ってるみたいだし、君もここに住むなら知っておいた方がいいと思うんだけどさ」

「なんですか？」

肩をすくめて、わざとのように軽い口調で、宮間さんは言った。

「あいつ、ちょっと酒癖が悪いんだよね」

「酒癖が悪い……」

「いや、酔って暴れるとか、変に絡むとか、そういうんじゃないんだけど。なんていうか、どっか一本ブチ切れるっていうか」

「切れる？」

宮間さんは真面目な顔になって、僕を見た。

「神薙が以前はちゃんとしたデザイン事務所に勤めてたっていうのは知ってる？」

「はい」

「けっこう有名なところなんだよね。所長がわりと知られた人で。マスコミにもたまに出てる」

そう言って宮間さんが挙げた名前は、たしかに僕でも聞いたことがあるような有名なデザイナーのものだった。大きな企画とか芸能人とのコラボとかで派手に活躍している人だ。

「へえ……あれ、その人、つい最近女優さんだかモデルさんだかと結婚しませんでしたっけ」

テレビのニュースで見た気がする。だからよけいに聞き覚えがあったのだ。

「そうそう。再婚なんだけどね。今日はその結婚披露パーティだったんだ。相手が芸能人だからパーティも盛大でさ。俺は別の事務所に勤めてるんだけど、所長同士が知り合いで、一緒に仕事したことがあって招かれたんだ」

「へえ…」

なんだか別の世界の話で、僕はぼんやり聞いていた。このボロいシェアハウスで暮らしている神薙さんとは、いまいち結びつかない。

コーヒーをひと口飲んで、さらっと宮間さんは言った。

「神薙、その人のこと殴ったんだよね」

「えっ」

いきなり現実に引き戻された。

「仕事でいろいろあったみたいで……あいつは詳しいことは話さないんだけどさ。でも、どうもデザインをパクられたんじゃないかって……噂《うわさ》だけど」

「盗まれたってことですか？」

「盗まれたっていうか、スタッフのデザインを自分のデザインとして出しちゃったってことだよね」

「……」

「まあでも、それ自体はなくはないっつうか……あそこは所長にネームバリューがあるから仕事はバンバン来るけど、すべて所長自身が手がけるわけじゃないんだよ。まずはリーダーが方向性を決めてアイデアを出して、それに沿ってスタッフが形にして、いろいろ擦り合わせをして、最終的に事務所の仕事として外に出す。それは普通のやり方なんだ」

僕にはよくわからない世界の話なので、黙って聞いていた。縁側の雨戸の向こうで風が鳴っている。

「ただあそこの所長、外での仕事が多すぎてさ。打ち合わせだの講演だのパーティだので飛び回ってて、実際のデザインはほとんどスタッフがやってたらしいんだ。中でも神薙は重宝《ちょうほう》されてて……あいつ無駄に器用だから、クライアントが求める、いかにもあそこの所長がやりそうなデザインを作ることができるんだよね」

間をおくように、宮間さんはコーヒーを飲む。僕もカップに口をつけた。少しぬるくなっている。

「でも問題のデザインは事務所が受けた仕事じゃなくて――公募《こうぼ》だったんだ」

「公募？」

「一般に広くデザインを募集して、その中から決めるの。地方だけどでかいアミューズメント施設のロゴで、採用されたら、いろいろな広告や販促物に使われて大きな仕事になる。でもまあ、そういうのもあらかじめ目ぼしいデザイナーに声をかけてて、その中から決まっちゃうんだけどね。あそこの所長も参加が決まってて、コンペやる前から決まってる、みたいな噂は俺も聞いてた」

「そのデザインが盗まれたんですか?」

「うーん……」

宮間さんはしかめ面をして、意味なく前髪を指で引っぱっている。言っていいのかどうか迷っている様子だ。

「実際のところははっきりわからないんだけどさ……事務所の仕事としてやってる時、神薙はデザイン案を出さなかったんだよね。出さずに、個人で応募しようとしたらしい」

「……それ、いけないんですか?」

「いけないっつうか、まあ裏切りだよね。所長からしたら。飼い犬に手を噛まれるみたいなもんだから」

飼い犬に手を噛まれる。嫌な言葉だ。なんとなく、その所長と桐谷の姿が重なった。

「他のスタッフから聞いたんだけど、所長はいいデザインが浮かばなかったらしいんだ。でも神薙は案を出さずに、自分で応募しようとした。いくら有名事務所のスタッフだって、無名の人間が応募したら、まず通らない。それでも神薙が個人で応募しようとしたのは……腹に据えかねていたんじゃないかって。所長が、スタッフのデザインをそのまま自分のものとして発表することに」

やたらに前髪をいじりながら、宮間さんは続けた。

「それで蓋を開けてみると――コンペで決まったのは、所長のデザインだった。有名デザイナーの作品だから、施設側も派手に発表した。でも」

　いったん言葉を切る。それから、他に誰も聞いていないのに声をひそめて、宮間さんは言った。

「実はそれが、神薙のデザインだったんじゃないかって……まあ確証はないんだけど」

「え、でも……どうやって」

「さあね。噂だからさ。まあでもデータを見るとか、プリントアウトしたのを見るとか、機会はあるよね。同じ事務所なんだから。神薙は結局応募しなかったし」

「……」

「神薙が所長を殴ったのは、その発表のすぐあとだった」

　僕は思わずごくりと唾を呑んだ。静かな家の中で、やけに大きく響いてしまう。

「施設側がマスコミ向けに施設の概要を説明するための場でさ、ロゴやマスコットキャラも発表された。控室に二人きりだったから、誰も何があったのか知らない。神薙はそうとう飲んでいたらしい。マスコミがまだいたから、話は一気に広まった。スタッフが酔って所長を殴った、ってね。神薙の名前は危険人物として業界に広まった」

「そんな…」

「神薙は事務所を辞めた。でも悪い噂が広まったせいで、どこにも転職できなかったんだ。それでいまはネットでデザインの注文を受けたり、うちとか他の事務所の下請け仕事をして、なんとか食いつないでる。悪い意味で名前が知られちゃったから、独立もできないしね」

　何を言ったらいいのかわからなくて、僕は唇を噛んだ。

そういう人間はどこにでもいる、と言っていた神薙さんの言葉を思い出す。

――外面がよくて、内心では自分のことしか考えてなくて……そういう奴はどこにでもいる。そいつらは平気で他人を踏みつけにできる。罪悪感なんて、これっぽっちも持たない。

胸がつまった。神薙さんは僕を助けてくれたのに。僕だけじゃない。他の住人たちも神薙さんに助けられたって聞いたのに。

「あいつもさあ……ふだんは大人の態度を取れるのに、飲みすぎるとキレちまうんだよな」

はーっと、宮間さんは大きなため息をついた。

「アルコールには強い方で許容量は大きいのに、一線超えるといきなり箍が外れちまうんだよ。酔ってやっちゃったこともあるみたいだし……」

「え？」

「ああいや。なんでもない。君も、酔った神薙には近づかない方がいいよ」

軽く笑って、宮間さんはカップのコーヒーを飲み干した。腕時計に目を止めて眉を上げる。

「長居しちゃったな。そろそろ出ないと電車がなくなっちまう」

立ち上がってコートに袖を通しながら、宮間さんは少し声のトーンを明るくした。

「でもさ、所長は今回、結婚パーティに神薙を招待《しょうたい》しただろ。和解の意味だと思うんだよな。実際、笑って神薙に話しかけてたし。業界の連中もたくさん来てたから、これで神薙の立場もよくなると思うよ」

「そうですか」

よかった、と思ったんだけど、宮間さんはぼそりと付け加えた。

「まあ、所長がデザインをパクッたって話もひっそり流れてるから、それを打ち消すためのパフォーマンスなんだろうけどね」

「……」

「じゃあ失礼するよ。コーヒー、どうもごちそうさま」

「あ、はい」

僕も立ち上がって、玄関まで宮間さんを送った。外の風はまだうるさいけれど、二階は静かだ。

「あの、神薙さん、大丈夫でしょうか。具合悪くなったりとか……」

「平気平気。さっきも言ったけど、酒に弱いわけじゃないから。明日の朝には元に戻ってるよ」

にこりと笑う。じゃあねと軽く片手を上げて、宮間さんは玄関を出ていった。

門を出るのを見送って、玄関を閉める。振り返って二階を見上げた。

和解して神薙さんの立場がよくなるなら、よかったと思う。だけどそのあとでこれだけ酔ってしまうんだから、きっとまだわだかまりがあるんだろう。

でも、僕には何もできない。こんなに助けてもらっているのに、何も返せない。

強くなりたいな、と思った。つらい時に助けてもらったぶん、誰かを助けられる人間になれたらいいのに——

二階に上がると、やっぱり神薙さんの部屋は静かだった。自分の部屋に入って布団を敷き、パジャマに着替えて潜り込む。

目を閉じると、外の風の音ばかりが耳についた。たくさんの木々がいっせいに揺れると、強い雨が降っているみたいだ。

それからどのくらいたったのか——風がうるさくてなかなか寝つけず、僕は寝返りばかり繰り返していた。はっと目を覚ましたのは、ようやくうとうとした頃だ。

（……なんだ？）

いま、何か大きな音がした気がする。カシャンと、何かが割れるみたいな。

神薙さんの部屋だ。今日は他に誰もいないし。コップが割れたような音に聞こえた。

さすがに放っておけなくて、僕は布団から出た。暗い中、神薙さんの部屋に行って戸をノックする。

「神薙さん？　大丈夫ですか？」

返事はない。音も何も聞こえなかった。

目を覚まして水を飲もうとして、コップを落としてしまったのかもしれない。割れていたら危ないと思い、僕は戸に手をかけた。

「すみません。開けます」

戸を開けて、壁を探って明かりをつける。

「——神薙さん！」

神薙さんはベッドの上で体を起こしていた。床に足を下ろして座り、ぐったりと顔を伏せている。

その足元にガラスの破片《はへん》が散らばっていた。やっぱりコップが割れている。

「怪我はないですか？　いま片づけますから」

「……」

顔を伏せたまま、神薙さんは何も答えない。

心配になって、僕は破片をよけてベッドに近づいた。かがんで顔を覗き込む。

「神薙さん？　大丈夫ですか」

伏せた顔から、小さな声が聞こえた。

「……ごめん」

ふだんの神薙さんとはまるで違う声だった。なんだか消え入りそうで――胸がぎゅっとなった。

「悪い……迷惑かけて」

泣いているんじゃないかと思ったなんて、ただの思い込みだ。それとも、さわりたかったのかもしれない。

僕はさわりたかった。神薙さんに。

体の奥からの衝動に突き動かされて、手を伸ばした。こんなふうに誰かにさわるのなんて、初めてだ。さわりたくてさわりたくて、自分から手を伸ばすのなんて。

「……」

指先が頬に触れると、神薙さんがふっと顔を上げた。

目があった。

酔っているんだろうけど、据わった目じゃなくて、ただ静かだった。静かで、怖い。目の奥の方に、熱くて怖い何かがある。

こういう目を見たことがあった。名古屋で桐谷と対峙した時だ。

縛りつけられたように、僕はその目から視線をはずせなくなった。酔うと箍がはずれると宮間さんは言ったけど、箍がはずれて中のものがあふれ出るというよりは、皮一枚がするりと剥がれ落ちるみたいだ。こんな熱さや怖さは、本当はいつも神薙さんの中にある。

「……僕は知ってますから」

何を言おうかなんて考えていなくて、ただ言葉が口をついて出た。

「神薙さんが酔ってても酔ってなくても、どんな仕事してても……神薙さんがどんな人で、どんなふうに僕を救ってくれたのか、僕は知ってますから」

支離滅裂《しりめつれつ》だと自分で思った。何が言いたいのかわからない。なんの慰めにもなっていない。

ただ僕は伝えたかったんだ。

僕がどんなに神薙さんを――

「僕は……僕は神薙さんのことが……」

僕は何を言おうとしているんだろう。いまさら心臓がどくどくと暴れ始める。

「――」

ふっと、神薙さんの目の色が変わった。

実際に色が変わったわけじゃない。でも、神薙さんの中で何かが動いたのがわかった。

ふわっと血が湧き立った。

神薙さんが片手を上げて、僕が頬にあてたままでいた手をつかんだ。

「…っ」

触れた手から、視線をあわせたまま外せない目から、何かが伝わってくる気がする。ほんの少し、通いあっている気がする。神薙さんの顔が近づいてくる。軽く開いた唇が小さく動いた。

無意識に、僕は足をうしろに引いた。

「っ」

踵に、小さな、でも強烈な痛みが走った。

「い、った…!」

ガラスの破片を踏んでしまったらしい。僕は飛び上がりそうになってよろけた。片足の踵を床につけられないせいで、大きくバランスを崩す。

「羽瀬……っ」

神薙さんが立ち上がって、僕の腕をつかんだ。

倒れかかった僕の腕を引いて支えようとする。だけど神薙さんも酔っている。支えきれずバランスを崩して、二人してベッドに倒れ込んだ。

「…っ――」

しばらくの間、息が止まった。

僕は神薙さんの上に覆いかぶさっていた。突っ伏した僕の顔のすぐ横に、神薙さんの顔がある。片腕は背中に回っていて、抱きしめられる形になっていた。

（うわ）

心拍数がさらに上がる。体温が一気に上昇した。

「す…すいませ…」

離れなくちゃ。そう思うのに体が動かない。時間が止まっているみたいだった。

「目が……回った」

神薙さんが小さく呟いた。

「すいません……っ」

いきなり動いたせいで酔いが回ったんだろう。僕はあわてて身を起こそうとした。その背中を、ぐいっと引き戻された。

「動かないで」

「…は、……はい」

「少しだけ……このままで……」

どくどくと心臓が脈打っている。固まった体の中で、心臓だけが暴れていた。その音が耳の中で響いて、血が身体中を駆け巡《めぐ》って、踵の痛みもわからなくなる。

「羽瀬……さっき」

耳元で、神薙さんが低い声で囁いた。

「さっき、なんて言おうとしたんだ？」

「え……」

血が回って、僕の頭もぐるぐる回る。僕は飲んでいないのに、酔っぱらっているみたいだ。

「なあ。教えてくれよ」

背中に回った腕に力がこもって、ぎゅっと抱きしめられた。

「聞きたい……」

「――僕は……」

僕は酔っぱらっていた。酒にじゃない。恋に、だ。さんざんだった初恋が終わったあとの、二番目の恋に。

桐谷への初恋は、紙に描いた絵みたいなものだったんだと思う。彼の本質なんてわかっていなくて、勝手に理想を描いていただけだ。

だけどいまのこの気持ちには、触れられそうなくらいの質感《しつかん》があった。形があって匂いがあって熱があって、僕を酔わせ、僕の中を生き物みたいに駆け巡る。

「僕は神薙さんのことが……」

恋は僕の胸を激しく打って、僕の口をひらかせた。

「好き、です」

言った。言ってしまった。誰かに告白をしたのは生まれて初めてだ。

「……羽瀬」

神薙さんの片手が、僕の頬に触れた。

僕は伏せていた顔を上げた。至近距離《しきんきょり》で神薙さんと目があう。静かな、少し怖い瞳。目尻に浮かぶかすかな皺。

「俺も……好きだよ」

「っ…」

この人は酔っている。酔うと箍がはずれるって、宮間さんも言ったじゃないか。

でもその唇からこぼれた言葉に、僕の心臓は高鳴った。どうしようもないほどに。

「羽瀬のことが好きだ」

こんなのたわごとだ。

頭の一部がそう言っているのに、神薙さんの瞳から目を離すことができない。手が頭のうしろに回り、引き寄せられる。近づいてくる唇から逃げることもできなかった。

「っ…——」

唇が、唇に触れた。僕はぎゅっとシーツを握った。

「…ん、…っ」

最初は触れるだけだった唇は、強く押しつけられ、僕の唇を押し開いた。深く合わさって、舌が僕の唇に触れる。中に入ってこようとする。

「ん……ん」

僕にだって性欲はある。誰かとキスをすることを想像もしなかったわけじゃない。でも、こんなに生々しい想像はしなかった。

舌が僕の舌に絡みつく。ぬるっとした感触に、背筋がざわめく。小さな唾液の音が妙に耳についた。アルコールの匂いがする。

（こんな……）

どうしよう。神薙さんは酔っている。わかっているのに、僕の体は勝手に反応した。体の中心が熱く疼《うず》き、体温が上がる。

「ふ、…っ」

唾液の糸を引いて、唇が離れた。

僕はとろけた顔をしているに違いない。恥ずかしくて、顔を逸らした。

すると神薙さんは、するりと僕に覆いかぶさってきた。ギシリとベッドが鳴る。あっという間に体勢を入れ替えられた。

「か、神薙さ……」

酔っているのは神薙さんの方のはずなのに。

なのに、真剣な目だ。真剣で、怖い。僕は動けなくなる。

「…っ、あ」

そのまま顔が近づいてきて、首筋に口づけられた。キュッと吸われる。痛いような刺激《しげき》に、僕は首をすくめた。

（どうしよう）

神薙さんの舌が僕の首筋を舐め上げる。ぬるりと温かい感触。手が胸のあたりをまさぐり、パジャマの裾から中に忍び込んできた。酔っているのに、ひやりと冷たい手だった。

「や……、やめ……」

 僕は身悶えした。でも言葉とは裏腹に、手は神薙さんのシャツの背中を握り締める。抱き寄せるみたいに。

「羽瀬……」

冷たい手が僕の身体をまさぐる。撫でられる手のひらに、乳首に触れる指先に、いちいち僕の体は反応した。びくびくと、悦《よろこ》んでいるみたいに。

（どうしよう）

だんだん身体が昂ぶってくるのがわかる。まずい。このままじゃ……

「あ、ま、待って」

上体をまさぐっていた手が、少しずつ下腹部に移動した。

着ているのは薄っぺらなパジャマ一枚だ。スーツみたいなしっかりした生地《きじ》も、堅牢《けんろう》なベルトもない。いつのまにか僕の足の間に神薙さんの身体があって、足を閉じることもできなかった。

「待ってくださ……」

薄い生地の上から、触れると握るの中間くらいの強さで、さわりと包まれた。

「…っ…！」

ドン、と頭に血が上った。羞恥《しゅうち》に息が詰まりそうになる。

なのに僕の性器は、神薙さんの手に反応した。反応して形を変える。嬉しそうに。

「……いやだ」

違う。こんなのは違う。

反応して昂ぶる身体の裏側で、泣きそうになった。こんなの違う。神薙さんは酔っているのに。

『酔ってやっちゃったこともあるみたいだし』

宮間さんの言葉が頭にちらつく。僕は目をつぶって頭を振った。

「…めて、くださ…っ」

「羽瀬」

僕の胸のあたりに顔を伏せていた神薙さんが、ふっと顔を上げた。

「……好きだよ」

好きなのに。

「や……」

初めてこんなに強く、体ごと、この人のことを好きだと思ったのに。

「——嫌だ！」

叫んで、僕は神薙さんの体を思いきり押し返した。

神薙さんはふらついてベッドに肘をつく。僕は急いで体を起こし、ベッドから降りた。

うしろは振り返らなかった。そのまま、神薙さんの部屋を飛び出した。

自分の部屋に入って、戸を閉める。戸を背にして、ずるずると座り込んだ。

「……いた」

いまごろコップの破片を踏んだ踵がズキズキと痛み始めた。部屋を出てくる時にも少し踏んだかもしれない。足の裏がざらついて、あちこち痛かった。

「…っ…」

でも、動けなかった。もうどこが痛いのかわからない。膝を抱えて、ぐいと袖で目をこすった。

6

「すごいじゃないですか！」

「……」

「洵、お父さんやったな」

「あんた、売れない作家だと思ってたけど、けっこう偉《えら》いんだな。尊敬するわ、センセイ」

「いや、そんな。売れないことには変わりないんですけどね。ははは」

眠多さんが文学賞をとった。

直木賞《うえきしょう》や芥川賞《あくたがわしょう》みたいな一般に知られた賞ではないけれど、けっこう歴史のある文学賞らしい。文芸誌で大きく発表され、写真付きで評が載った。「そんなに大きな賞じゃないから」と照れて謙遜《けんそん》しつつも、眠多さんは嬉しそうだ。

十二月も半ばになり、世間はすっかりクリスマス一色だった。街はカラフルに彩られ、あちこちでキラキラしたイルミネーションが輝いている。

とはいえ限界ハウスは男ばかりの古民家シェアハウスだ。そんなにキラキラしてはいられない。電飾もないし、ツリーもリースも飾っていなかった。でもこの受賞のニュースが飛び込んできて、シェアハウスは一気にお祝いムードになった。

「お祝いしましょうよ。僕、ごちそう作りますから」

「おう、いいじゃねえか。世間もクリスマスだしな。ケーキ買おうぜ、ケーキ」

「うん。やろう」

「いやあ、そんな……でも、ありがとう」

「洵くん、お父さん賞とったんだよ。すごいね」

僕は隣に座っている洵くんに話しかけた。夕食の席で、ミキオくん以外の住人が揃っている。洵くんはこくんと頷いた。ほっぺたが上気している。文学賞がなんなのかはまだわからないだろうけど、お父さんがみんなに褒められていることはわかるんだろう。とても嬉しそうだ。

「だからみんなでお祝いしよう。洵くんは何が食べたい?」

「……」

「ん? 何?」

僕は耳を寄せた。やっと僕に慣れてくれたのか、最近は小声でなら喋ってくれる。

「……お父さんの食べたいもの」

「そっか。そうだよね。お父さんのお祝いだもんね」

「ありがとうな、洵」

反対隣の眠多さんが笑いかける。ふだんは眠たそうな目が、ちょっと潤《うる》んでいた。

「洵がいたから、お父さんがんばれたんだ。賞をもらった小説が書けたのは、洵のおかげなんだよ」

僕はまだ読んでいないけど、受賞した眠多さんの小説は、小さな子供を男手ひとつで育てるシングルファーザーの話らしい。子供の性別も年齢も、そこに至る過程も暮らしぶりも、眠多さん本人とは違っている。フィクションだ。だけどきっと、いろんな実感や思いがこめられているんだろう。

作品紹介にも〝半自伝的〟と書かれていた。

「僕の……おかげ？」

「そうだよ」

眠多さんは微笑んで頷く。すると洵くんは、キュッと唇を噛みしめてうつむいた。湧き上がってくるものをこらえているような顔だ。

眠多さんはやわらかく洵くんの頭を撫でた。とても愛おしそうに。

玄関の方で戸が開く音がした。「ただいま」と声がする。ミキオくんだ。

ミキオくんはあいかわらず外泊が多かった。たまに荷物を取りに帰ってきているようだけど、僕は顔をあわせるのはひさしぶりだ。

「ミキオくん、おかえり。いま、眠多さんが…」

振り返って話しかけ、廊下から現れたミキオくんの顔を見て、僕は言葉を止めた。

「みんなお揃いなんだ。ただいま」

ミキオくんは笑みを浮かべる。その片目に、初めて会った時と同じように眼帯がつけられていた。

「ミキオ、おまえ、その顔…」

　神薙さんが腰を浮かせた。

「あー大丈夫大丈夫。ただのものもらいだから。僕、なりやすいんだ。知ってるだろ?」

「……」

　顔をしかめたまま、神薙さんはしぶしぶ腰を戻す。洵くんもいるから、男に殴られたのかとは口に出せないんだろう。なんだか微妙な空気になって、僕は強いて明るい声を出した。

「えーと、あのさ、ミキオくん。実は眠多さんが小説で賞をもらって……」

「へえ! そうなんだ。眠多さん、すごいじゃん。おめでとう」

　ミキオくんは明るく笑う。その口のはたが、赤紫に変色して血が滲んでいた。ざっくりした大きめのタートルネックセーターを着ていて、体に傷があるかどうかはわからなかった。

「それで、今度パーティしようって話になったんだ。ミキオくんも一緒にお祝いしようよ」

「パーティかあ。うん、いいよ。僕、彼氏と別れたから、しばらくは家にいるから」

「あ、そうなんだ…」

　軽い調子の言葉だった。僕は内心でほっとした。別れ際に揉めて殴られたのかもしれないけど、そんな恋人と別れたんなら、よかった。

「僕、お風呂に入りたいな。一番風呂もらうね」

　色白の顔に眼帯と傷が痛々しい。けれどなんでもない口調で言うと、ミキオくんは廊下の奥に足を向けた。

「……」

神薙さんが立ち上がった。無言で、ミキオくんのあとを追いかけていく。

その後ろ姿が廊下の曲がり角に消えるのを、僕は黙って見送った。しばらくの間、ぼんやり見つめてしまう。

「羽瀬くん？」

呼びかけられて、はっとした。眠多さんがこちらを見ている。

「あ、はい」

「あのね、料理なんだけど、骨付きチキンはどうかな。せっかくだから、クリスマスも一緒にやりたいなと思うんだけど」

「あ、いいですね！　赤いリボンをつけようかな」

「だったらさあ、ほら、あれにしようぜ。七面鳥《しちめんちょう》の腹になんか詰めて焼くやつ。クリスマスっていったらあれだろ」

「オーブンないから無理ですよ。作ったことないし」

前に向き直って、眠多さんたちとパーティの相談をする。僕はきちんと笑えているだろうか。

向かいの神薙さんの料理は途中で放り出されたままだ。みんなが食べ終えて、残った料理がすっかり冷めきっても、神薙さんは戻ってこなかった。

僕はまともに恋愛をしたことがない。だから、わからなかった。好意と優しさの区別なんて。

神薙さんに頭を下げられたのは、あの日の翌日のことだ。神薙さんが酔って帰ってきた日。初めて好きな人とキスをした、あの日。

「——悪かった」

そう言って、神薙さんは僕に向かって深々と頭を下げた。

僕はバイトに行くために門を出ようとしていたところだった。他のみんなはもう出かけていて、神薙さんはわざわざ玄関を出てきて僕を呼び止めた。

「ごめん。昨日、迷惑かけたみたいで……」

起きたばかりらしく、髪が寝乱れていた。不精髭が伸びている。顔色が悪くて、どうやら二日酔いらしい。

「あ、いえ…」

僕はうろたえて下を向いた。まともに顔を見られない。けれど、そもそも視線が合わなかった。神薙さんの方が僕を見ない。

「俺、酔うと乱暴になるみたいでさ……だから酒はひかえめにしてたんだけど」

決まり悪そうに髪をかき上げながら、神薙さんは言う。僕はうつむいていた。下を向いていても、反対に血が頭の方に上がってくる。たぶん顔も耳も赤い。

「記憶も時々飛んじまうから、よく覚えてないんだけど……俺、何かしたかな」

(——え)

うつむいたまま、僕は目を見ひらいた。上っていた血がすっと下がる。顔を上げようとした。でも、首が石膏で固められたみたいに動かなかった。

「朝起きたら、コップが割れててさ。暴れたんじゃなきゃいいけど」

神薙さんの口調はなんでもないかのようだ。酔っぱらって帰ったことを謝っている。ただ、それだけ。

「……いえ、あの……」

僕は唾を飲んだ。声が喉にひっかかって、うまく出ない。それでもなんとか押し出した。

「宮間さんという方が送ってきて……宮間さんがベッドに運んでくれたので」

「そうか。あいつにも迷惑かけたな。ひさしぶりに会ったから、つい飲みすぎちまって」

「……」

「俺、酒癖悪いからさ、あんまり飲みすぎるなって言われてるんだ。夜中に酔っぱらって帰ってきて、羽瀬にも迷惑かけたよな。本当にすまなかった」

「いえ……」

迷惑。

そのひとことで、全部まとめて片付けられた気がした。

昨日の出来事も、僕の混乱や羞恥も、好きだと告白した気持ちまで、全部いっしょくたに。

迷惑なんて他人行儀な包装紙《ほうそうし》でくるまれて、なかったことみたいに。

「あの……僕はほんとに……迷惑なんて」

だめだ。声が震えそうだ。これ以上神薙さんと向き合っていたら、体裁を保っていられなくなる。他人行儀になんて、していられなくなる。

「迷惑なんて、全然かけられてないですから。あの、バイトに遅れちゃうんで、もう行きますね」

それだけ言うのが精一杯だった。神薙さんに背を向けて、門を出ようとする。

「羽瀬」と呼びかけられた。僕はぎこちなく振り返った。

「バイトは楽しいか?」

神薙さんは笑っていた。冬晴れの午前の光が降り注いでいて、眩しそうに目を細めていた。

「はい」

「そうか。よかった。じゃあ、羽瀬がここを卒業する日も近いかもな」

「……え」

「ま、ここは底辺の人間の巣窟《そうくつ》だからな。出られるなら出た方がいいよ」

言ったあとで、付け足しのように「寂しくなるけどな」と笑った。

「……はは」

一緒に笑えたかどうか自信はない。僕は小さく頭を下げて、門から踏み出した。

駅の方へ足を向ける。だんだん早足になった。

限界ハウスが見えなくなって、立ち止まった。なんだか足に力が入らない。どこかに穴があって、気力や体力が根こそぎ流れ出ているみたいだ。どくどくという心臓の動きに合わせて、血が流れ出るみたいに。

景色が滲む。それで初めて、自分が涙ぐんでいることに気づいた。

（……バカみたいだ）

本当に、僕はなんてバカなんだろう。一人で盛り上がったりうろたえたりして、あげく一人で勝手に傷ついて。

僕はどうやら失恋したらしい。やっと気づいた。それも、二度目の恋を自覚したすぐあとに。

でも、知らなかった。二度目なのに。恋が――失恋が、こんなにもみっともなくて苦しくて、心を根こそぎ奪って、叩きつぶすものだなんて。


眠多さんの受賞祝い兼クリスマスパーティは、クリスマス前の祝日にひらくことになった。

洵くんはお父さんに似顔絵をプレゼントするという。それで、絵を入れる額縁をみんなでプレゼントすることにした。事前に額縁を用意して、ラインストーンやビーズで派手に飾った。

僕はケーキは作れないので、ケーキはお店に注文した。クリスマスケーキ用のサンタの砂糖菓子と一緒に、『お父さんおめでとう』と書いたチョコレートのプレートも飾ってもらった。もはやなんのケーキなのかよくわからない。

限界ハウスにはクリスマスツリーも登場した。僕がバイト先の料理店でもらってきたものだ。店主夫妻のお子さんが小さい時のものだという。そんなに大きなツリーじゃないけれど、オーナメントをたくさんぶら下げ、綿の雪をこんもりとのせ、てっぺんに大きな金色の星をつけると、古い家も一気にクリスマスらしくなった。

眠多さんは自分のお祝いよりもクリスマスパーティの方に熱心だった。ずっと洵くんにクリスマスらしいことをしてあげられなかったから、と。

「お星様、ぴかぴかだね。サンタさんの目印になるといいね」

ツリーの飾りつけをしながら言うと、洵くんはきらきらした瞳でてっぺんの星を見上げた。それから、お父さんを見る。

「サンタさん、くる?」

「きっと来てくれるよ。洵、いい子だったもんな」

「お父さんにも、くる?」

「お父さんには来ないよー。だってお父さん、もう大人だから」

洵くんは子供ながらに釈然としない顔をする。すると眠多さんは、ふわっと洵くんを抱き上げた。

「お父さんには、サンタさん来なくていいんだ。だって、プレゼントはもうもらったからね」

「もらったの?」

「うん。あのね、洵がお父さんへのプレゼントなんだよ。すごいだろう。もう一生分のプレゼントをもらっちゃったから、サンタさんは来なくていいんだ」

きょとんとする洵くんを、眠多さんはぎゅっと抱きしめる。頬ずりすると、くすぐったそうに声をあげて笑った。洵くんの笑い声を聞いたのは初めてだ。聞いている方の心がくすぐられるような、かわいい声だった。

　パーティ当日は忙しかった。僕はランチが終わるまでバイトをし、買い出しに行って山ほどの食材を抱えてシェアハウスに帰った。ケーキは八須賀さんに取りにいってもらっている。帰ると眠多さんと洵くんが部屋の飾りつけをしていて、二人と一緒に料理に取りかかった。

　メニューは、みんなに食べたいものを訊いて決めた。骨付きチキンに、にんじんを星型に抜いたクリームシチュー。ラザニア。サラダ。肉じゃが。ケーキと一緒にピザとアイスクリームも買ってきてもらうことになっている。眠多さんに一番好きな食べ物を訊くと「おでん」という答えが返ってきたので、おでんも作った。ちょっと変なメニューだ。

　神薙さんは仕事で出かけなくちゃいけないらしく、遅れて参加することになった。ミキオくんは「早めに帰るよ」と出かけていったけど、まだ帰ってきていない。

　手作りの飾りつけがされた居間の座卓にたくさんの料理を並べると、ちゃんとパーティらしい雰囲気になった。眠多さんが小さなコンポを持ってきてCDをかける。クリスマスソングだ。

「仁は仕事終わって、これから電車に乗るってよ。ミキオは？」

「さっきから連絡してるんだけど、返事がないですね……。どうしよう。待ちますか？」

「始めちまおうぜ。料理が冷めるし、あんまり遅くなると洵が眠くなっちまう」

「じゃあ…」

　ということで、とりあえず四人でグラスを持った。お祝いなので、大人組には奮発してシャンパンを用意している。洵くんはサイダーだ。

向かいに座った八須賀さんが僕に目配せをしてきた。何か言え、ということらしい。

「え、僕ですか？　困ったな。ええと……眠多さん、おめでとうございます！　あ、あと、メリークリスマス！」

慣れないことで、声がうわずる。けれどシャンパンのフルーティな甘さと弾ける炭酸、眠多さんをお祝いする気持ちと、ひさしぶりに楽しく思えるクリスマスの雰囲気——それらの全部が、僕の心を浮き上がらせてくれた。

「洵くん、これ」

洵くんをこっそり呼んで、僕の部屋に隠しておいたプレゼントを渡した。にぎやかに飾りつけられた額縁に、クレヨンで描かれた絵が入っている。眠多さんの顔と、洵くん自身の小さな顔。二人とも笑っている。周りには太陽や鳥や花が描かれていた。とても素敵な絵だ。

洵くんはかしこまって立ち、お父さんにプレゼントを差し出した。

「お父さん、じゅ……じゅ……」

「受賞」

「じゅちょう、おめでとう、ござい、ます」

ちょっと噛んだけど、立派に言えた。眠多さんは涙ぐんでいる。トナカイみたいに鼻が真っ赤だ。

「額縁はみんなからのプレゼントです。洵くんと一緒に飾りつけたんですよ」

「ありがとう……嬉しいなあ。ありがとうありがとう」

膝立ちになって洵くんを抱きしめて、眠多さんは本格的に泣いている。僕もちょっともらい泣きした。

（よかった）

苦労してきた眠多さんが賞をとれて、本当によかった。洵くんが笑っていてよかった。ミキオくんは問題ありそうな彼氏と別れたし、神薙さんもかつての上司といちおう和解したみたいだ。八須賀さんの状況はよくわからないけど、元気そうだし。

みんなそれぞれ、よかった。僕もアルバイトが順調で、将来の夢みたいなものもできたし。

（……だから）

だからそろそろ、卒業なのかもしれない。僕はここを出ていった方がいいのかもしれない。

神薙さんとは、あれからあまり話をしていない。だって、あからさまに避けられているから。これまでは仕事で部屋にこもっていることが多かったけど、最近はよく外出している。一緒にごはんを作ることも、このところはない。

もう充分に助けてもらった。行き場がなくて途方に暮れていたあの駅のホームから、手を引いてここまで連れてきてもらったのだ。そろそろ自分の足で歩き出さなくちゃいけない。

「じゃあ、ごはんにしましょうか」

「おいしそうだねえ。洵、どれから食べようか」

「とりにく！」

「ラザニアって初めて食べたけど、うめえなあ！　これ、グラタンとは違うのか？」

「ラザニアは平たいパスタと肉やソースが層になってる料理のことで……これミキオくんのリクエ

ストですから、ミキオくんの分は残しておいてくださいよ」

「そんなの知るか。遅れてくる奴が悪いんだろ。あー、ビール欲しいな。いや、酎ハイだな」

八須賀さんが酎ハイを飲み出して、飲み会なのかパーティなのかわからなくなる。

でも、楽しかった。みんな笑っていた。眠多さんはCDの歌詞カードをひらいて洵くんと一緒にクリスマスソングを歌い出す。僕も一緒に歌った。こんなに楽しいクリスマスは本当にひさしぶりだ。生きててよかった、と思うくらいに。

その楽しい空気に水を差すように、チャイムが鳴った。

「誰だろう」

僕は腰を上げた。廊下に出ると、ひやりと冷たい風を感じる。玄関の方から風が吹いていた。すでに陽が落ちていて、縁側のガラス戸の向こうは真っ暗だ。足早に玄関に向かう。角を曲がったところで、一瞬立ちすくんだ。

「――ミキオくん⁉」

ミキオくんが玄関を上がってすぐの廊下で座り込んでいた。壁にもたれて目を閉じている。

「どうしたんだ」

駆け寄って、息を呑んだ。

ミキオくんは傷だらけの顔をしていた。眼帯はいったん取れていたのに、また瞼がひどく腫れ上がっている。片目がほとんど塞がるほどだ。頬も赤く腫れ、口のはたに血が滲んでいる。

元は綺麗な顔立ちなのに、痛々しいを通り越して凄惨《せいさん》なくらいだった。この寒空にコートを着ていなくて、金茶色の髪がもみくちゃにされたみたいに乱れている。

それだけじゃない。ミキオくんはゆったりしたVネックのセーターを着ていて、開いた胸元から体にいくつもの傷がついているのが見えた。何かで叩かれたのか、赤くみみず腫れになっている。

「病院に行かないと」

膝をついていた僕は、タクシーを呼ぶために立ち上がろうとした。その僕の腕を、ミキオくんがつかんだ。

「そんなの……あとでいいから」

苦しそうに言って、ゴホゴホと咳き込む。ぐいと口を拭うと、手の甲に血がついた。

「それより――仁さんは？　仁さんはいる？」

顔を上げて、切羽詰まった声でミキオくんは言った。腫れていない方の目が真剣だ。

「神薙さんなら、まだ帰ってないけど……」

「そっか……よかった」

ほっと息をつく。けれどミキオくんは、僕の腕をつかんでいる手にまた力をこめた。

「いや、だめだ。洵がいるし……あんたや眠多さんもいるしあいつ、何するかわかんないから」

「え？」

ミキオくんの手首には、赤くくっきりと痕がついていた。縛られていたような。

「そうだ、鍵――鍵を閉めないと……それから警察を」

「警察？」

鍵という言葉に、反射的に僕は玄関の方を見た。引き戸がきちんと閉まっていなくて、少し開いている。そこから冷たい風が吹き込んでいた。

ミキオくんはよろけながら立ち上がった。戸を閉めようとするので追いかけて支え、かわりに指をかける。

ちょうどその瞬間、勢いよく戸が開いて、指が弾かれた。

「ッ…」

ミキオくんがひゅっと息を呑んで後ずさった。

「……ああ、見つけた」

外側から戸を開けた男が、微笑んで言った。

三十代後半くらいの男だった。黒いタートルネックのセーターにグレーのスラックス、その上に黒いロングコートを着ている。細面の顔にメタルフレームの眼鏡をかけていて、仕事のできそうなエリートって感じだ。

「だめじゃないか、ミキオ。勝手に出ていっちゃ」

笑っているけれど、どこかいびつな笑顔だった。口元が歪んでいて、目の奥が笑っていない。元はきちんとセットしていただろう髪が、乱れてひとすじこめかみにかかっていた。

「こっちに来なさい」

僕には目もくれず、男はミキオくんの腕をつかんだ。

「離せよっ」

ミキオくんは身をよじって振りほどこうとする。華奢とはいえ男のミキオくんが必至でもがいているのに、男はびくともしなかった。そんなに力がありそうには見えないのに。

「もう別れたって言ってるだろ！」

「勝手なことを言うんじゃない。まったく、おまえのせいで僕がどんな目に遭ったと思ってるんだ。あんなにかわいがってやったのに……」

「知らない！　離せって言ってるだろ！」

やみくもにもがくミキオくんの手が、男の顔にあたった。

ほんの少しあたっただけだ。眼鏡がずれただけ。でも、それまで余裕を見せていた男の顔から、すっと表情が消えた。人形劇の人形の顔が、くるりと入れ替わるみたいに。

男は右手を振り上げた。無表情で。そして、ミキオくんの横面を張り飛ばした。

「…ッ！」

ミキオくんの細い体はあっけなく吹っ飛んだ。物みたいに。

「ミキオくん！」

僕は驚いて駆け寄った。廊下に倒れたミキオくんは、気絶したのか目を閉じている。

「何するんですか！」

僕はミキオくんと男の間に立った。

「なんだ、君は」

いま存在に気づいたかのように、男が僕を見た。

道端の石ころを見るような冷ややかな目だ。いや、石ならまだいい。汚物でも見るみたいだった。瞼の横の薄い皮膚が、ひくひくと神経質に痙攣《けいれん》していた。

「どけ」

くってかかろうとした僕を、男は無造作に押しのける。土足のままで上がり込んできた。

「ちょっと……なんですか！」

僕を無視して、男は膝をついてミキオくんの胸ぐらをつかんだ。

「おまえ、ここに本命の男がいるんだろう」

胸ぐらをつかんで持ち上げられ、ミキオくんは苦しそうに目を開けた。

「なんていったかな……ほら、自称デザイナーの男だよ」

僕は目を瞠った。

(神薙さん)

「じ、仁さんは……関係ない」

男はまたミキオくんの頬を張り飛ばした。今度は手の甲で。ミキオくんの顔から血と唾が飛び散った。

「――」

僕はただ立ちすくんでいた。怖くて。情けないけれど、目の前で平然とふるわれる暴力に、すぐには反応できなかった。

「全部おまえのせいだ。おまえのせいで、俺はすべてを失ったんだ」

吐き捨てるように言いながら、男は繰り返しミキオくんを蹴る。

「なのに、好きな男だと？　ふざけるな。バカにしやがって」

「…っ、ぐ…ッ」

「やめてください……！」

僕は男につかみかかった。ミキオくんを殴る腕にしがみつく。

「うるさい、邪魔するな！」

男は僕を振りはらおうとした。それでも僕が離れないと、足を振り上げ、容赦なく蹴り飛ばした。

「うっ」

硬い皮靴がまともにみぞおちに入った。僕は吹っ飛んで廊下の壁にぶつかり、崩れ落ちた。

「うぐ…っ、げほッ」

苦しい。内臓をつかみ上げられるみたいだ。痛みに目が回って、まともに息ができない。吐き気がこみ上げてきて、うずくまってえづいた。

どさりと物のようにミキオくんを放り出した男は、仁王立ちになって僕を見下ろした。

「……おまえじゃない」

暗い、でもぎらついた目だ。目の底に小さな火が燃えている。でも、明るい熱い火じゃない。暗くて冷たい、陰湿《いんしつ》な火だ。

廊下の奥からはクリスマスソングが聞こえてくる。そちらに目を向けて、男は舌打ちした。

「クリスマスか……バカにしやがって」

憎々しげに呟く。横たわっているミキオくんに近づくと、無造作に腹を蹴りつけた。何度も。

「グッ」

ミキオくんは呻いて丸くなる。ミキオくんが動かなくなると、男は廊下の奥に足を向けた。

(だめだ)

あっちには眠多さんたちが——洵くんがいるのに。

「うっ、く……」

立ち上がろうとしたけれど、すぐには足が立たない。声もまともに出なかった。それでもなんとか、よろけながら男を追った。

「バカにしやがって……バカにしやがって」

男はずっと低い声で呟いている。廊下の角を曲がると、居間のふすまが見えた。ふすまの隙間から明かりと音楽が漏れている。きっとみんな、音楽にまぎれてこっちの物音に気づいていない。

男はふすまに手をかけた。

「やめろ……！」

僕が声を出すのと、男がふすまを開けるのが同時だった。

クリスマスソングが大きくなる。声は聞こえなかった。みんな驚いているんだろう。男はすたすたと部屋の中に入っていく。

「——なんだてめえ！」

八須賀さんの怒鳴り声が聞こえた。次に、ガッと大きな衝撃音と、ガシャガシャと食器がぶつかり合う音がした。

「洵！」

眠多さんの叫び声が聞こえた。

血の気が引いた。

「――動くな」

男の声が聞こえた。

どうにか居間にたどり着くと、元の場所から大きくずれた座卓が目に入った。たぶん、男が力まかせに蹴ったのだ。

部屋の中はひどい有様だった。料理やケーキが撒き散らされ、ぐちゃぐちゃになっている。座卓の向こう側で、八須賀さんが呻き声をあげてうずくまっていた。男が蹴った座卓がまともに当たったらしい。どっしりと重たい座卓だ。怪我をしているかもしれない。

男から少し離れた場所に、眠多さんが凍りついた顔で立ち尽くしていた。

「洵くん…っ」

僕の声に、男が振り向いた。それでようやく洵くんがどこにいるのかわかった。

「――っ…」

洵くんは男の腕の中にいた。

小さな体がすっぽりと抱き込まれている。何が起きているのかわからないのか、きょとんとした顔をしていた。その顔に、男が手に持ったものを突きつけている。銀色に光る――ナイフを。

「……やめろ」

心臓が縮み上がった。なのに血が熱くどくどくと頭に上ってくる。

そんなに大きなナイフじゃない。ペティナイフだ。ケーキをカットするために置いてあったものだった。

けれど、小さくてもナイフはナイフだ。すらりと尖り、冷たい輝きを放っている。触れただけで切れそうなそれが、洵くんのすべすべした頬に突きつけられていた。

「洵！」

眠多さんが悲痛な叫び声をあげた。

(どうしよう)

焦るけれど、自分自身がナイフを突きつけられているように動けなかった。

「やめろ……だめだ、やめてくれ、頼む」

眠多さんがその場に両膝をついた。土下座をするように両手もつく。

「息子を放してくれ。僕が、僕がかわりに人質になるから。僕を刺してくれていい。殺してもいい。だから洵は、洵は放してくれ」

男が誰でどうしてここにいるのか、眠多さんは何もわからないだろう。でも必死になって、なりふりかまわず哀願している。男はそんな眠多さんを冷ややかに見下ろした。

「あんたがシングルファーザーか。あんたに用はない」

僕と眠多さん、胸を押さえてうずくまっている八須賀さんを順番に見る。八須賀さんは殺しそうな目つきで男を睨んでいた。

「神薙という男はどこだ」

低い声で、男が言った。

誰も何も答えない。緊迫した重い沈黙の中、クリスマスソングだけが賑やかに空虚に流れている。

「ここのオーナーの神薙って男だよ。いるんだろう？　そいつを出せ」

「……神薙さんは今日はいない」

僕は乾いた喉から声を押し出した。

「仕事で出かけていて……」

(帰ってこないでくれ)

答えながら、思った。神薙さんがいま帰ってきたらまずい。男は完全に正気を失くしている。何をされるかわからない。

だけど、一刻も早く洵くんを助けなくちゃいけなかった。洵くんはようやく状況がわかってきたらしく、泣き出しそうになっている。怯えた目でナイフを見ていた。

(どうしたらいいんだ)

「じゃあ、そいつに電話をかけろ」

男は顎を僕に向けた。

「おまえだ。電話をかけて、いますぐ帰ってくるように言うんだ」

「……」

「早くしろ」

僕がとまどっていると、男はナイフを見せつけるように動かした。洵くんがびくりと身をすくめる。僕はジーンズの後ろポケットからスマートフォンを取り出した。

「そいつの番号を出して、こっちに見せろ」

警察に電話をかけられるのを防ぐためだろう。男は冷静だ。興奮して逆上しているわけじゃない。そこが逆に怖かった。

僕はアドレスから神薙さんの番号を呼び出し、画面を男に向けた。男が頷いて「かけろ」と言うので、通話ボタンを押す。

(どうしよう。どうしよう)

指先が震えて、脇の下に嫌な汗をかいた。スマートフォンが神薙さんを呼び出している。出ないでくれ、と願った。

けれど、あっけないほどすぐに通話は繋がった。

『――羽瀬？』

神薙さんの声が聞こえた。

「すぐに帰ってこいと言うんだ。それ以外のよけいなことは言うなよ。言ったら、その瞬間に子供の顔に傷がつくからな。ほかの奴らも声を出すな」

『もしもし？　羽瀬？』

眠多さんも八須賀さんも動けずにいる。息を吸って、僕は震える口をひらいた。

「……神薙さん」

『ああ、羽瀬。どうした？　いま家に向かっているところだけど、何か買ってくものとかあるか？』

神薙さんの声はまったく普通の様子だ。僕は唾を呑んだ。

「……神薙さん、早く帰ってきてください」

男はじっとねめつけるように僕を見ている。眠多さんは青ざめていた。八須賀さんは顔が真っ赤で、たぶんものすごく怒っている。

洵くんは怯えた顔をしていた。その目に涙がたまっている。神様、と思った。

「早く、早く帰ってきてください。……会いたい」

『羽瀬？』

「会いたい。会いたいんです。神薙さん。いますぐ会いたい。早く帰ってきて、僕を抱きしめてください……！」

『――』

神薙さんが絶句している間に、通話を切った。スマートフォンをポケットにしまう。

「……」

誰も何も言わなかった。きっとみんな呆気に取られている。

大きく深呼吸をして、僕は顔を上げた。男を見据えて口をひらく。

「神薙さんは、僕の恋人です」

男は顔をしかめた。洵くんに向けられたナイフは動かない。

「だから、僕を人質にしてください。神薙さんを傷つけたいんでしょう？　それなら僕を人質にした方が、神薙さんを自由にできますよ。だって恋人なんだから」

男に近づく。男は洵くんを抱えたまま、家の奥の方へ下がった。

「近寄るんじゃない」

「彼がミキオくんと浮気するなんてありえない。ひとつ屋根の下で暮らしているんだから、それくらいわかります。それでも腹が立つなら、僕を人質にしてください。そのかわり子供は放してくれ」

「……」

さあ、とさらに近づく。男はクッと口元を歪めると、ナイフを振り上げた。

「近づくなと言ってるだろう！」

僕は足を止めた。

「なんなんだ、おまえら」

男は混乱した顔で僕や眠多さんにナイフを突きつけた。頬をひきつらせて、怯えているようにも見える。

「ちくしょう、なんだよ、この家は。おかしいんじゃないのか。シェアハウスなんていって……何が恋人だ。どいつもこいつも、俺をバカにしやがって」

ナイフを左右に振り回しながら、洵くんを引き寄せて後ろに下がる。「洵！」と眠多さんが叫び、条件反射のように駆け寄ろうとした。

「近寄るな！　刺すぞ！」

「…っ」

男がナイフを洵くんに向ける。棒を呑んだように、眠多さんは動きを止めた。

「いいか。誰も動くんじゃない。神薙って男が来るまで、じっとしてろ。じゃないと子供がどうなっても知らないからな」

「やめろ……やめてくれ」

「俺は外科医だからな。どこをどう切れば人が死ぬのか、よく知っている。子供を助けたかったら、動くんじゃない」

（だめだ。どうしよう）

どくんどくんと自分の心音が耳元で聞こえる。頭の中ばかりが忙しく空回りした。でも、動けない。

居間で流れていた『White Christmas』が終わった。しんと静けさが訪れる。ＣＤが終わったらしい。音楽なんて耳に入っていなかったけど、途切れたことで急に沈黙が際立った。

「……洵……お願いだ……」

眠多さんが祈るように呟いている。

じりじりと時間が過ぎる。子供にナイフを突きつけられながら過ごす時間は、一分一秒が針みたいに身の内を刺した。恐怖と緊張で胸がやぶけそうだ。

それからどのくらいたったのか――唐突に、カチャン、と小さな音がした。コップか何かが倒れたような。みんな、びくりとする。

「…っと、悪い」

八須賀さんだ。

その時になって初めて、座卓の向こう側にいたはずの八須賀さんがいつのまにか移動していることに気づいた。男と洵くんばかり見ていて、気づかなかったけど。膝をついたまま座卓の角を曲がって、男の方に近づいている。

「動くなと言ってるだろう！」

男が怒鳴って、八須賀さんにナイフを向けた。

「なあ、頼むよ。トイレに行かせてくれよ」

情けなさそうな顔で、八須賀さんが訴えた。ひたいに脂汗が浮いている。男は眉をひそめた。

「ああ？　ふざけるな。行かせるわけがないだろう」

「だってビールたくさん飲んじまったんだよ。このままじゃもらしちまう」

「知るか。勝手にもらせばいいだろ」

「ひでえなあ。人権侵害だろ。くそ、もれる……」

八須賀さんは苦しそうに身を折った。

次の瞬間、ヒュッと何かが空気を切り裂《さ》いた。

カシャン！　と割れる音がする。緊張で張りつめた空気が割れたのかと思った。

僕も眠多さんも、男も、揃って音のした方を向いた。壁際にコップが割れて落ちている。男の動きにつられて、ナイフが洵くんから逸れた。

その隙をついて、神薙さんが廊下の奥から飛び出してきた。

同時に八須賀さんが立ち上がって、男に向かって駆け出した。

（えっ）

僕は動けなかった。

八須賀さんが手を伸ばし、洵くんの腕を引っぱる。そのすぐあとに、神薙さんが背中から男に体当たりをくらわせた。

「ぐッ……！」

男は前かがみに崩れ、手からナイフが落ちた。

「洵！」

「――お父さん！」

洵くんが大きな声をあげた。普段あまり喋らないのに。大きな声なんて聞いたことがないのに。

男の腕から逃れた洵くんを、眠多さんが引き寄せる。両腕でしっかりと抱きしめた。

「洵、洵……！」

「お父さん、お父さん」

よかった、と思う暇もなかった。床に膝をついた男が落ちたナイフに手を伸ばす。体当たりした神薙さんはまだ体勢が戻っていない。八須賀さんが男より先にナイフを取ろうとする。

「ってえ！」

が、ナイフに手を伸ばしたところで、八須賀さんは胸を押さえてうずくまった。

とっさに僕は駆け寄ってナイフを取ろうとした。

でも、ほんの数ミリで間に合わなかった。僕の指先をかすめて、ナイフは男に奪われた。

「ちくしょう！」

ナイフを手に、男は背後を振り返った。神薙さんと至近距離で向き合う。

「おまえか」

「――」

神薙さんが目を見ひらいた。

「ちくしょう。殺してやる。殺してやる」

（だめだ……っ）

男の言葉がちゃんと聞こえたわけじゃない。頭で何かを考えたわけじゃない。

「やめろ！」

男がナイフを腰だめにして神薙さんに向かった瞬間、僕は飛び出していた。

自分でも驚くような素早さで。

僕を覆っていた殻が砕けたみたいに。

「ッ……――」

何がどうなったのか、自分でもよくわからなかった。

僕は男に飛びかかった。どうやって助けようとか、ナイフをどうしようとか、まるきり考えていなかった。本当に、ただ飛び出しただけだ。

「うっ」

ドン、と衝撃を感じた。

最初は、ただ衝撃だけだった。二人の間に割り込んだ僕に、男がぶつかった衝撃。

「あれ？」

間抜けな声が出た。あとから考えると、本当に間が抜けている。

「あ……」

男がひきつった顔をして、数歩下がった。その手からナイフが落ちる。

「羽瀬！」

神薙さんの声がした。僕の目の前に現れて、強く肩をつかむ。

「大丈夫か！」

神薙さんの視線につられて、目を下に向けた。自分の脇腹に。冷たいな、と思った。

「あ……」

冷たいのは、じっとりと濡れているからだった。ベージュのセーターが濡れている。じわじわと染みが広がっている。冷たい。でも水じゃない。赤黒い色をしていた。

（あ、まずい）

血だ、と思った瞬間、くらっと目が回った。

僕は刺されたらしい。痛いというより、熱かった。でも、お腹がカッと熱いのに、広がっていく血をやけに冷たく感じる。

「羽瀬！」

足から力が抜けて、僕は神薙さんに抱きとめられた。

「この野郎！」

どん、と人が倒れた音がした。複数の呻き声と息遣いが聞こえる。眠多さんが何か叫んでいる。

「う、いてて……センセイ、こいつの腕押さえといて」

「は、はいっ。救急車……救急車を呼ばないと。洵、お父さんの電話を取ってきてくれ。机の上にあるから」

「羽瀬！　大丈夫か？」

周りでいろんな声がする。足音。電話をかける音。呻き声。

「きゅ、救急車をお願いします！　え？　いや、事故じゃなくて病人でもなくて……ナ、ナイフで刺された人が」

「わりい、おれも頼むわ。たぶんあばらにヒビいってる」

「え。えーと、怪我人が二人……」

「玄関にミキオが倒れてる。念のため洵も診《み》てもらった方がいい。それから、警察も呼んでくれ」

「――わあああぁ」

混乱の中、火がついたように洵くんが泣き出した。

その大きな泣き声を聞いて、ああよかった、と思った。

よかった。洵くんは無事だ。泣いているけれど、刺されてはいない。

神薙さんも無事だ。よかった。どうして廊下の奥からいきなり現れたのかわからないけど。

熱い。冷たい。痛い。怖い。よかった。

いろんな感覚と感情が、竜巻のように僕の中を吹き荒れる。抵抗できず、僕はその波に飲まれた。

「羽瀬」

膝をついた神薙さんに、きつく抱きしめられた。あたたかい体温に全身が包まれる。

「神…」

目を開けると、神薙さんの顔がすぐそこにあった。見たこともないような真剣な顔で、僕を見つめている。

「くそ、おまえは、なんでそんなに……」

自分の方が苦しそうに、神薙さんは顔をしかめた。

ドッ、ドッ、と心臓が脈打つのを感じる。心臓が動くたびに、血が流れ出ていく。視界が暗くなり、だんだん意識が薄れていって、ああ僕、ひょっとして死ぬのかなと思った。

死ぬ。ここで？　せっかく神薙さんに助けてもらったのに。

「かん、なぎ、さ……僕……」

神薙さんに出会えてよかった。好きになってよかった。もう一度、ちゃんと言いたかった。今度は忘れられないように。

「羽瀬、ごめん」

悲痛な顔をして、神薙さんは僕を抱く腕を強めた。いつも泰然自若《たいぜんじじゃく》としているのに、こんな顔を見たのは初めてだ。

「ごめん。あの夜のこと――ちゃんと覚えてる。本当は覚えてるんだ。酔ってたけど、嘘だったわけじゃない。だめな奴だからさ……。おまえは俺のそばになんていない方がいいと思って」

なんだ、覚えてたんだ、と思った。よかった。ちゃんと伝えられていて。

「ごめん。悪かった。羽瀬……俺も好きだ」

声が震えている。泣いているのかと思った。神薙さんにさわりたくて、触れようと持ち上げた手をぐっと握られた。

「俺も、おまえが好きだ」

「神薙、さん……――」

血が流れ出ていく。意識が流れ出ていく。

でも、体は重くて動かないのに、意識はふわりと軽く、浮き上がるようだった。さっきまで血を冷たく感じていたのに、だんだん体があたたかくなってくる。

よかった。洵くんが無事で。神薙さんも無事で。ちゃんと気持ちが届いていて、よかった――

もう熱くも痛くもなかった。何も感じない。死ぬのってこんな感じなのかなと思った。

目を閉じると、あたたかい闇が降りてくる。心地いい眠りに落ちるように、僕は意識を手放した。

結果から言うと、僕は死ななかった。

神薙さんは電話での僕の様子から何かおかしいと察してくれたらしい。玄関を開けて倒れているミキオくんを見つけると、物音を出さないようにして様子を探り、いったん外に出た。

それから庭に回り、縁側のガラス戸越しに八須賀さんに合図《あいず》をしたという。家の中には風呂場の窓から入ったんだそうだ。そして背後から男に近づき、八須賀さんがコップを投げて男の注意を引いたところで、男に体当たりをした。

「でも、こんなことになるなんて……。あいつが狙っていたのは俺なのに。すまなかった」

病院で、沈痛な面持ちで神薙さんは謝ってくれたけど、もちろん怒る気持ちはない。僕は死ななかったし、実際のところそれほど大怪我でもなかったし。

出血は多かったけど、気を失ったのは、たぶん自分の血を見て貧血を起こしたせいだ。それからナイフで刺されるっていう心的ショックと、洵くんと神薙さんが無事だったという安堵と。

内臓に大きな損傷はなく、運ばれた病院で傷口を縫合《ほうごう》して、僕は三日ほどで退院できることになった。

同じ病院に、ミキオくんと八須賀さん、洵くんも運び込まれた。洵くんは体調に問題はなく、念のため一泊だけして翌朝には帰宅できた。こんなことがあって、心に傷が残らないといいのだけど。

本人の申告通り、八須賀さんは肋骨《ろっこつ》に罅《ひび》が入っていた。座卓が当たったせいだ。全治三週間で、安静《あんせい》が必要だという。痛み止めと胸部に巻くサポーターを出されて、翌日に退院していった。

ミキオくんは重傷だった。男に蹴られて、肋骨が折れていたのだ。肺にも傷がついていた。それから全身の打撲《だぼく》に内出血、切り傷。退院する前にミキオくんの病室に行くと、胸にコルセット、頭に包帯《ほうたい》、顔に眼帯とガーゼ、手首にも包帯を巻いていて、とても痛々しい有様だった。

「――羽瀬くん、ごめん」

そんな状態で、ミキオくんはベッドの上で僕に頭を下げた。

「ごめん。悪かった。僕のせいで……」

「ミキオくんが謝ることじゃないよ。それに君の方が重傷だし」

僕はあわてて言った。もともと色白の顔がさらに青ざめて、青い患者衣からのぞく細い手首が折れそうだ。とても責める気持ちにはなれない。

「あいつ……つきあい出した頃はあんなふうじゃなかったんだけど」

手首の包帯を撫でて、キュッと唇を噛む。あの男とは仕事で知り合ったんだそうだ。

「最初は優しくて、気前がよくてさ……奥さんいるのは知ってたけど、体の相性も良かったし、趣味も合ったし。どうせお互い遊びなんだって割り切ってたつもりだった。でも」

仲が深くなるほどに、男は束縛がきつくなっていったという。同時に、ミキオくんの体を痛めつけるようになった。趣味の範囲を超えて。

「でも、愛してるからこうするんだって言われて、傷をつけたあとは死ぬほど優しくしてくれてさ。そういうのを繰り返すうちに、なんかだんだん麻痺《まひ》してきちゃって」

ほら僕、Mだからさ、と笑う。笑えなかった。

「別れたこともあるんだけど、結局別れきれなくて……とうとう奥さんにばれちゃった」

男の妻は、興信所を使ってミキオくんのことを調べたという。ミキオくんの仕事も、シェアハウスで暮らしていることも。ある日突然、不倫（しかも相手は同性だ）の証拠を持った弁護士が現れ、男は離婚と多額の慰謝料《いしゃりょう》の請求を突きつけられた。

しかも男の妻は、医大の教授の娘だという。男は大学病院勤務ではなかったけど、勤務先の病院にも派閥《はばつ》はあったらしい。職場で不倫と性癖がばれ、辞めざるを得なくなった。

「それでめちゃくちゃに殴られて、監禁《かんきん》されて……あいつ、本当におかしくなってた。僕が仁さんを好きだったこともばれて、仁さんに危害を加えられそうで隙を見て逃げ出してきたんだ」

男は救急車とほぼ同時に駆けつけた警察に連行され、今は病院に収容されている。心神耗弱《しんしんこうじゃく》が争われるだろうから、裁判がどうなるかはわからないけど、しばらくは社会に出てこられないだろう。

僕たちも警察から聴取を受けた。家の中に警官が入ってきて、現場検証にも立ち会った。それはまあ、しかたのないことだと思う。警察の人は幼い洵くんや怪我人にはちゃんと配慮をしてくれた。配慮をしてくれなかったのは、マスコミだ。

医師が刃物を持ってシェアハウスに押し入り、子供を人質に取って刃傷沙汰。これだけでも充分にワイドショーネタになるだろうけど、舞台が男だけのシェアハウスで、同性の痴情《ちじょう》のもつれが原因だというのがまずかった。格好の餌食《えじき》だ。

しかも、ちょうど眠多さんが文学賞をとったところだ。眠多さん以外の住人は匿名《とくめい》だったけど、テレビでも週刊誌でも眠多さんの名前（ペンネームだけど）は大きく報道された。受賞はテレビでは取り上げなかったくせに。限界ハウスにはマスコミが押し寄せてきて、取材依頼や友人知人親戚からの電話やチャイムが鳴りやまず、僕たちはろくに外に出られなくなった。

それでひとつ、余波があった。眠多さんの別れた奥さんが訪ねてきたのだ。

マスコミで騒がれて知ったらしい。元奥さんは化粧気が薄くて、おとなしそうな人だった。そう見えた。

彼女が訪ねてきた時、家には入院しているミキオくんを除く全員がいた。僕たちは席をはずしましょうかと言ったのだけど、眠多さんは「いや、ここにいてくれ」と返した。

「でも…」

「いいんだ。みんながいてくれた方が心強いから。たぶん洵も」

洵くんは、眠多さんのそばにぴたりと寄り添っていた。実の母親が来たのに、あまり喜んでいない。むしろ不安そうな顔をしていた。

（どうしたんだろう）

あの事件以降、洵くんはかなり普通に喋るようになっていたのに。人に怯えたり、包丁を怖がったりしないかと心配していたんだけど、今のところそういう様子はなかった。むしろ「痛い？」と僕や八須賀さんを気遣ってくれて、お手伝いをしてくれる。

とりあえず居間に通して、お茶を運んだ。座卓の向かいに眠多さんと洵くんが座り、僕たちは壁際に適当に陣取った。

「洵、ひさしぶりね。元気だった？」

元奥さんは微笑んで洵くんに話しかける。洵くんは黙ってこくりと頷いた。

洵くんの丸い目は母親似だろう。けれどちっともなついていないように見える。以前の無口な子に戻ってしまったみたいだ。泣いたり騒いだりするより、心配だった。

元奥さんは、自分の元夫に目を向けた。

「あなたも、元気そうね。よかった。ちゃんと子育てできるか心配だったけど」

「心配？」

びっくりした。眠多さんの声が平坦《へいたん》で、いっそ冷たくて。いつも穏やかで、眠そうな目が微笑んでいるように見える人なのに。

「心配って、どこが？　君、一度も洵に会いにこなかったじゃないか」

「だってそれは……どこに住んでるのか知らなかったし」

「君が知ろうとしなかったんだろう」

マスコミにはここの詳しい住所や近隣の映像は出なかったけど、たぶん近所で訊けばすぐにわかっただろう。大騒ぎだったし。でも、子供がどこで暮らしているのかも知らなかったのかと僕は驚いた。眠多さんが借金と病気を抱えて大変だった時も、この人は何もしなかったみたいだし。

彼女は取りつくろうような笑みを作る。色味の薄い唇の端が、少しひきつっていた。

「それより、賞をとったのよね。すごいじゃない。おめでとう。テレビで見て、驚いたわ」

「おかげさまで」

眠多さんの声はあくまでそっけない。

「あなた、苦労してたものね。売れなくても、バイトしながら書き続けて……私、よく知ってる。苦労が報《むく》われて、よかった」

「……」

「ねえでも、洵は大丈夫なの？」

声をひそめて、ちらりと元奥さんは僕たちに視線を向けた。本当は部屋を出ていってほしそうだ。神薙さんはそっぽを向いて、我関せずという顔でスマートフォンを見ている。八須賀さんは耳かきで耳をほじっていた。

「大丈夫って何が」

「だってシェアハウスなんて……」

「みんな洵をかわいがってくれてるよ。洵もなついてる。家事も分担《ぶんたん》できるしね。ここに来て、僕も洵もすごく元気になったんだ」

「でも……あんな事件があったでしょう」

元奥さんは眉根を寄せる。

「私、心配なの。風俗の仕事してる人がいるなんて……しかも同性愛なんて。その人が事件の原因なんでしょう？　そんなところに洵を置いておけないわ」

ここに住んでいる僕が言うのもなんだけど、彼女の言うことは正論だ。眠多さんは厳しい顔をして黙っている。

「あなたも本が売れたみたいだし、少しは生活が楽になったでしょ。私もいまはずいぶん体調がよくて、薬も減らしてるの。いまなら、ちゃんと洵を育てられるわ」

「……」

「だから、もう一度やり直しましょう」

笑みを浮かべて、元奥さんは言った。地味で神経質そうな人だ。でもなんだか——勝ち誇っているように見えた。

「子供には母親が必要よ。そうでしょう？　洵は私の子よ。私が育てるわ」

「……のものじゃない」

最初は、小さな声だった。

眠多さんはいつのまにかうつむいていた。テーブルに向かって呟くように言っている。隣に座った洵くんが両手でその腕を握っていた。

「洵は、君の持ち物じゃない」

顔を上げて、眠多さんははっきりと言った。

「何を言ってるの。洵は私の息子よ。私は母親として…」

「いいかげんにしてくれ！」

バン！　と、眠多さんが手のひらで座卓を叩いた。

僕はびくっとしてしまった。神薙さんと八須賀さんも驚いている。眠多さんが大きな声を出すのを初めて聞いた。

「君、洵に喋るなって言っていたそうだね」

「――え？」

怯みつつ、元奥さんはぎくりとした顔をした。

「喋るな。わがままを言うな。声を出すな。あんたが喋ると、頭が痛くなる。だから黙ってなさい。そう言って叱《しか》っていたんだろう。時には叩いて」

「だ、だって私、病気だったから」

「それでも子供に言っていい言葉じゃない！」

眠多さんは毅然としている。なんでもふわりと笑って受け入れる人という印象だったけど、いまは攻勢に転じていた。洵くんを守るために。

「君が出ていく少し前から、洵がほとんど喋らなくなって……すごく心配して幼稚園の先生に相談したり、カウンセリングにも連れて行ったんだ。でも理由がわからなくて。だんだんお金がなくなって、僕が病気になって……洵を手放そうかと思ったこともあった」

眠多さんは洵くんの肩を抱いて引き寄せる。洵くんはしっかりと眠多さんに抱きついた。

「でも、できなかった。洵は僕の宝物だから」

「……その宝物を産んだのは私よ。感謝してくれてもいいんじゃないの」

「感謝はもうした！　でも、もういい。君は僕たちには必要ない」

「……何を言ってるの」

元奥さんは眉を吊り上げた。おとなしそうに見えた顔が、いまはちょっと怖く見える。いまにも癇癪《かんしゃく》を起こしそうだ。

「私は洵の母親よ。離婚したって、それは変わらないんだから」

「僕たちがつらかった時、助けてくれたのは君じゃない。ここにいるみんなだ。ここに来て、洵は少しずつ喋るようになって……あの事件があったあと、やっと話してくれたんだ。君に喋るなって言われていたって」

眠多さんはしっかりと元奥さんを見据えた。もう眠たそうな顔じゃない。

「わがままを言ったら、今度は僕が離れていくんじゃないか。うるさくしたら嫌われるんじゃないか――洵はずっと怯えてたんだ。でも、ここの人たちは違うって、洵はもうわかってる。一緒にごはんを作って食べたり、花火を見たり、パーティしたり……楽しかったって洵は言ってた。楽しくしていいって、やっと思えたんだ。自分はここにいていいんだって。事件の時だって、みんな命がけで洵を助けてくれた」

「私だって、それくらいできるわ」

「いや。君は洵よりも自分が大事なんだ。いまはたまたま僕が賞をとって注目されてるから戻ってきたけど、また苦しくなったり、都合が悪くなったら、僕や洵を放り出すんだろう。そういう母親は、もういらない」

「……母親にそんなこと言っていいの」

元奥さんは上目遣いに眠多さんを見た。いや、睨んだ。

僕は桐谷を思い出していた。それから、ミキオくんの元彼氏を。

外見もタイプもまったく違うけれど、彼女と二人はどこか似ていた。普通の顔をしたその下で、どうすれば自分の要求が通るのか、どうすれば人を思いのままにできるのかを常に計算している。

「いまはいいかもしれないけど、こんな生活長くは続かない。子供が大きくなったら難しいこともあるわ。母親がいた方がいいに決まってるじゃない」

「平気だ。僕も洵も、前よりずっと強くなった。どこに行ってもやっていける。洵には僕がいるし、僕には洵がいる」

「……じゃあ、子供に訊いてみましょうか」

元奥さんは洵くんに顔を向けた。目を細めて微笑む。それから眉を下げて、泣き出しそうな表情を作った。けなげな母親の顔に見えた。

「洵、ごめんね。お母さんが悪かったわ」

洵くんは眠多さんにしがみつく手にきゅっと力をこめた。

「洵にひどいことを言って……本気じゃなかったの。お母さん病気だったのよ。許してちょうだい」

「……」

「でも、もう治ったから。今度からは、洵に優しくしてあげられる。だからもう一度一緒に暮らそう？　おいしいごはんを作ってあげるわ。お父さんとお母さんと洵、三人で暮らそう」

「……三人で？」

小さく呟いて、洵くんは父親の顔を見上げた。眠多さんは心配そうな顔で洵くんを見ている。

洵くんはきゅっと唇を噛み締めた。子供なりにいろんなことを考えている顔だ。

「そうよ。花火もパーティも、お母さんとしよう。お父さんとお母さんが揃ってるおうちの方がいいでしょう？　それが普通だもの」

洵くんはおずおずと顔を上げた。

そして、小さな声で、でもしっかりと言った。

「僕――お母さんは、いなくていい」

「…っ」

小石をぶつけられたように、元奥さんは上体を引いた。

「何を言ってるの。もうしないって言ったでしょう？　お母さん、洵に優しくするから」

「お母さん、叩くもの」

「だからもう叩かないって言ってるじゃない」

「やだ！　お父さんのことも叩くもん！」

拳を膝の上で握りしめて、洵くんは振り絞るように声を出した。

「お母さんやだ。お父さんをいじめるもん。お父さんにおちゃわん投げるもん。お、お、お母さんがいると、怖いの。い、息がくるしくなって……ごはん食べられなくなるの」

途中から、洵くんはひくひくとしゃくりあげ始めた。瞳に涙をためながら、でもきっぱりと言う。

「お父さんと僕をいじめるから、お母さん嫌い」

「――」

「お母さん嫌い！」

「洵…っ」

たまらなくなったように、眠多さんが洵くんを抱きしめた。その目にも涙が滲んでいる。

「――」

元奥さんは唇をわななかせて、拳を握り締めた。

誰も何も言わなかった。みんな冷ややかに元奥さんを見ている。

「……なによ」

元奥さんはすっくと立ち上がった。最初のしおらしさが嘘のように、怖い顔で全員を睨みつける。

「みんなで私を悪者にして……私の気持ちなんて、誰もわかってくれないんだから」

眠多さんは何も返さなかった。黙って彼女を見ている。

「もういい！」

吐き捨てて、元奥さんは部屋を出ていった。板張りの廊下を歩く足音がして、ガラッ、ピシャン、と玄関が開いて閉まる。

眠多さんが肩を落として、小さく息をついた。

「ああいう女は、自分がヒロインじゃないと気がすまないんだよなあ」

うんざりしたため息をついて、八須賀さんが言った。耳から出した耳かきの先にフッと息を吹きかけ、今度は反対側の白いふわふわを突っ込む。

「子供ができても自分が一番で、子供をかわいがる自分に酔ってるだけなんだよ。そんで子供が思い通りにならないとキレるんだ」

眠多さんはしばらく洵くんを抱きしめた。それから洵くんの肩に手を置いて、顔を覗き込む。

「本当に、お母さんいなくていい？」

洵くんはこくりと頷いた。眠多さんはにっこりして、両手でぽんと肩を叩く。

「わかった。じゃあ、二人でがんばろうな。お父さんもお仕事がんばるから。あと、ごはんももっと上手に作れるようにならなくちゃな」

「ごはんは、羽瀬のお兄ちゃんが作る方がおいしいからいい」

無邪気に洵くんは言った。僕は照れてしまった。お兄ちゃんなんて呼ばれたのは初めてだ。

「えー、ありがとう。嬉しいなあ」

「……わかったよ。羽瀬くんに習って、もっとがんばるから」

情けない顔で眠多さんが言って、みんな笑った。

そんなこともあったので、眠多さんと洵くんはしばらく眠多さんの実家に行くことになった。これまでもお正月には洵くんを連れていっていたそうだけど、少し早めに帰省することにしたのだ。

「両親も心配してるしね。何もない不便なところだけど、向こうまではマスコミも来ないだろうし」

お母さんは少し足が悪いそうだけど、健在らしい。「野菜送るよ」と言って、帰省していった。

ミキオくんはまだ退院できず、年末年始も病院で過ごすことになった。八須賀さんはめったに実家には帰らないそうで、お正月もシェアハウスにいる予定らしい。

「安静にしてろって言われてるからな。のんびりテレビでも見るわ」

「羽瀬は実家に帰らないのか？　家の人、心配してるだろう」

神薙さんに訊かれて、僕は気まずくうつむいた。

「僕、事件のこと言ってないんですよ……。ていうか、会社をやめたこともまだ話してないので。いま帰ると怪我のことでよけいに心配をかけるので、怪我が治ったら一度帰って、全部話します」

僕の怪我は全治三週間ということだったけど、年末頃にはもうだいぶ痛みはなくなっていた。お腹に力を入れると、ちょっと痛いけど。

「神薙さんは帰省しないんですか？」

「俺、都内だから。二日か三日くらいに一度顔出すけど、たいがい親戚が来ててうるさいから、日帰りでいいよ」

「そうなんですか」

――そんなわけで、年末年始は三人だけで過ごすことになった。

ふだん賑やかなシェアハウスだから、三人でもちょっと寂しい。大みそかには年越しそばを作って、天ぷらを揚げた。それだけじゃ足りないだろうと、おかずもいろいろ用意した。お刺身、鶏の照り焼き、根菜《こんさい》の煮物《にもの》、揚げ出し豆腐、大根サラダ――八須賀さんのリクエストで、居酒屋っぽいメニューだ。

大みそかは、ずいぶん冷え込んだ。関東は雪は降っていないけど、テレビに映る北国は一面の雪景色だ。

「今年の大みそかは羽瀬のおかげで豪華だなあ。天ぷら、うまかったわ」

そばを食べ終わる頃にはもう、八須賀さんは熱燗《あつかん》にした日本酒でいい感じにできあがっていた。

テレビでは『紅白歌合戦』をやっていて、由緒《ゆいしょ》正しき日本の大みそかって感じだ。

「見舞い金があったから、ちょっと豪華なエビにしちゃいました」

ミキオくんの元彼氏は裕福な家の出らしい。それで、治療費のほかにかなりの額の見舞い金が出ていた。お金をもらえばいいってものでもないけど。

「おもちも買いましたから、明日はお雑煮《ぞうに》にしましょう」

「雑煮か。いいねえ。やっぱ正月はもちだよな。あ、待てよ。羽瀬の雑煮ってどんなんだ？　まさかもちにあんこが入ってたりするんじゃねえだろうな」

「うちの方は、はまぐりを入れるんですけど」

「はまぐり？　へええ。うまそうだな。オレんところはするめでダシとるんだ」

「八須賀さん、熊本《くまもと》でしたっけ。熊本ってするめで出汁とるんだ」

「そのまま具にもするんだよ。うまいぜ。仁は東京だから、すましに鶏肉だろ？」

「うん。あと青菜《あおな》だな」

「今回はその関東風にしようと思って。出汁はかつおでいいんですよね？」

「ああ。ばあちゃんは関東風だったな。でもうち、お袋が関西だから、家では白味噌の雑煮と二種類作ってたよ。両親がお互い譲らなくてさ」

「へえ。両方食べられるのは楽しそうだなあ」

「じゃあ、明日は俺が関西風の雑煮を作ってやるよ。食べ比べてみよう」

「いいですね」

一時期ちょっとぎくしゃくしていた神薙さんとは、事件以降、普通に話せるようになっていた。

でも、あのことについてはまだ話していない。

——俺も、おまえが好きだ
思い出すと、カッと身の内が熱くなる。神薙さんは酔っていたわけじゃない。素面だった。でも緊急事態だったし、吊り橋効果みたいなものなのかもしれないし……

「——お。除夜《じょや》の鐘が鳴り始めたな」

八須賀さんが言って、反射的に空中に目を向けた。

テレビでは『紅白歌合戦』が終わり、『ゆく年くる年』が始まっていた。テレビの中でもどこかのお寺の鐘が鳴っている。僕は立ち上がって居間のふすまを開け、縁側に出た。

居間はストーブで暖まっているけど、板張りの縁側はしんしんと冷え込む。ガラス戸を開けると、さらに冷たい空気が流れ込んできた。吐く息が白くなる。

「羽瀬、寒いだろー」

「ちょっとだけ」

どこか近所のお寺の鐘の音がはっきりと聞こえてきた。冴えた冬の夜気を震わせて、さざ波のように広がっていく。

(——今年も終わりか)

不思議だった。今年が始まった時は、このシェアハウスのことも住人たちのことも、まったく知らなかったのに。なのに、こんなふうに年末を迎えているなんて。

さっきテレビで今年の出来事をいろいろ流していたけど、びっくりするくらい僕は記憶が曖昧《あいまい》だった。前半は仕事に追われ、後半は借金のことや桐谷のことや限界ハウスのことや神薙さんのことでいっぱいいっぱいで、世間のニュースに目を向けるゆとりもなかったから。

そんな怒涛《どとう》の一年も、いま終わろうとしている。

(よかったな)

あらためて、思った。

いろんな大変なことがあったけど、振り返ってみると、悪くない一年だった。いらないものを捨てて、新しいものを手に入れることができた。

(神薙さんのおかげ、だよな)

居間を振り返る。神薙さんは料理をつつきながら笑っていた。

「八須賀さん、新年明けちゃうぜ。今年こそ除夜の鐘をつきにいくんじゃなかったのかよ」

「うーん、でも寒いよなあ」

「去年もそう言ってたよ」

暖かい空気の中で神薙さんが笑っている。しあわせ、だった。その人が笑っているだけでしあわせになれる。そういう人に出会えたことが、しあわせだ。

ガラス戸を閉めて、居間に戻った。テレビの音に混ざる鐘の音に耳をすませる。

テレビに映る時計が十二時を知らせると、三人で「あけましておめでとうございます」と挨拶しあった。

「今年はえらいことがあったけど、とりあえずみんな無事でよかったよなあ」

「ミキオくんは無事とは言えないですけどね」

「そのミキオからだ。病院でも年越しそばが出たってよ」

「元気そうじゃねえか」

「こっちは眠多さんからだ。洵くんは寝ちゃったけど、あけましておめでとうって言いたがってたから、朝に電話しますって」

「今年は洵、小学校だっけ？」

「いや、来年じゃないか」

「ランドセル、みんなで買ってやっか」

　新年の挨拶をしたあとは、いつもどおりのだらだらした宴会だ。僕は八須賀さんにつきあって熱燗を飲んでいたから、だんだん眠くなってきた。

「八須賀さん、寝ちゃったよ」

「僕も眠いです……」

　あったかい。お腹がいっぱいで、怖いことも心配事も何もなくて、気持ちがいい。このまま寝ちゃおうかな……。

「――羽瀬、こんなところで寝ると風邪ひくぞ」

　はっと気がつくと、僕は座卓に突っ伏していて、神薙さんの顔がすぐそこにあった。

　どきりと胸の中で心臓が跳ねる。それを押し隠して、眠たい顔を作った。

「八須賀さんは……？」

「寝落ちしたから、部屋に運んだよ。羽瀬も自分の部屋で寝た方がいい」

「……連れてって……ください」

僕にしては、勇気を出したと思う。神薙さんはふっと笑んで、「いいよ」と答えた。

お酒が回って足に力が入らないのは本当だ。神薙さんに肩を借りて、階段を上がった。ぴったり密着していると、どんどん鼓動が速まってくる。

「ちょっと待て。ふとん敷くから」

アパートを引き払う時に大きな家具は処分したので、僕はマットレスにふとんを敷いて寝ている。神薙さんがふとんを敷いてくれて、その上に誘導された。

「――神薙さん」

そのまま、僕は神薙さんの肩に回した腕を離さなかった。神薙さんはふとんに膝をついていて、僕は座った状態でしがみついている。顔は見れなかった。恥ずかしくて。

「神薙さん、好きです」

アルコールと血が身体中を巡っている。ドッドッと心臓が激しく鼓動して、痛いほどだ。

「……羽瀬」

神薙さんの息が耳にかかった。

「酔ってるだろう」

「酔ってます。でも、僕は酔っても記憶はなくさないし、心にもないことは言いませんから」

ふ、と笑った息が耳元にかかる。

「神薙さんは酔ってないですよね？」

神薙さんは缶ビールを一本飲んだだけだ。八須賀さんに日本酒をすすめられても、断っていた。

「酔ってないよ」

「じゃあ…」

両腕にぐっと力を込めた。

「素面で、ちゃんと答えてください。僕は神薙さんが好きです。神薙さんは？」

恥ずかしい。自分から告白をして、誘うような真似をするなんて。

でも、僕は必死だった。心の底から欲しいと思った、初めての人だ。この人のことをどうにかしたかった。もしだめでも、当たって砕けても、なりふりかまわず。

「……俺も」

背中に腕が回って、ふわりと抱きしめ返された。

「俺も、羽瀬が好きだよ」

「――」

一瞬、息が止まった。心臓を鷲掴《わしづか》みにされたみたいだ。

「酔ってた時も、心にもないことを言ったわけじゃない。羽瀬が刺された時にも言っただろう？」

「じゃあ……いま言ったこと、忘れないでください」

ああ、と耳元で聞こえた、そのあと、両肩をつかまれてぐっと引き離された。

至近距離で顔を合わせる。神薙さんの目がまっすぐに僕を見ていた。

「忘れない。羽瀬が、好きだ」

かああっと頬に血が上った。

「……羽瀬」

神薙さんの顔が近づいてくる。頭の中ではいろんな想いがぐるぐると回ってるのに、動くことも、目を閉じることもできなかった。

「――」

唇が重なって、目を閉じた。僕の中にあふれそうになっていた想いが、繋がった場所から神薙さんに流れ込んでいく気がした。

「ん……」

舌先が触れ合う。最初のキスの時は混乱していて、いっぱいいっぱいで、正直感触なんてよく覚えていない。でも、いまは感触も存在も、全部がリアルだ。濡れて熱い舌が僕の舌にからんで、中に侵入してくる。

「…っ」

深く触れ合わせているのは唇と舌だけなのに、体に火がつくようだ。奥の方に、ポッと小さく灯る。次第に大きくなっていく。

「ん、…あっ」

そのまま、どさりと押し倒された。

折り重なって抱きしめられ、また深く舌が入ってくる。身動きができないせいで、唯一《ゆいいつ》自由になる口の中だけに感覚が集中してしまう。

「ん、ん……ふ、っ」

（……こんな）

こんなキスをする人だったんだな、と思う。いつも疲れていて、いろんなことをとりあえず受け流していて、あまり積極的な人じゃないと思っていたのに。駅で僕を助けてここに連れてきたことだって、なりゆきって感じだったのに。

「か、神薙さ…」

舌が疲れて息が苦しくなるほど絡み合わせてから、いったん唇は離れた。はあっと息をはく。舌は僕の首筋に移動した。キュッと少し強めに吸って、同じ箇所《かしょ》にやわらかく口づける。

「んんっ…」

くすぐったいような、痛いような、もっとどうにかしてほしいような。その先が怖くなって、でももっと欲しくなる。いてもたってもいられない感覚だった。

「羽瀬……」

首筋から鎖骨まで唇を這わせながら、神薙さんの手は僕の上半身をまさぐっている。セーターとその下のTシャツをまくって中に忍び込んで――ぴたりと止まった。

「――ごめん」

神薙さんはむくりと上体を起こした。

「え…?」

僕は閉じていた目を開けた。

「ごめん。おまえ、怪我してるのに。だめだ。やばい。やめよう」

「あ、待…っ」

とっさに手が伸びて、起き上がろうとする神薙さんの腕をつかまえた。

「い、いいです、から…っ」

僕は誘っている。自分から欲しがっている。恥ずかしくて、顔を見られないようにしがみついた。

「大丈夫ですから……行かないでください」

「でも」

「もうそんなに痛くないです。大丈夫だから」

「……」

恥ずかしくても、浅ましくても、強欲でも。

それでも、この人が欲しかった。どうしても。こんなになりふりかまわず何かを欲しがることなんて、僕にあっただろうか？

僕はずっと、自分には無理だと思っていた。ほかの人みたいに恋を楽しむことなんて。

女の子に恋はできないし、同性に自分から告白するなんてできっこない。軽蔑《けいべつ》されて、気持ち悪がられたら——きっと生きていけない。

だから指をくわえて見ているだけだった。恋だけじゃなく、ほかのことも。無理だから。怖いから。どうせだめだから。そう言い訳をして、気持ちに蓋をした。自分で自分の気持ちをなかったことにした。

でも、いまは。

「神薙さん……お、お願いですから」

欲しい。欲しい。この人が欲しい。いままで生きてきた中で、一番欲しい。

「お願い……好きなんです」

「っ…」

小さく神薙さんの手が跳ねた。

「あーもうっ！」

大きな声にびくりとする。肩をつかまれて、強い力でふとんの上に押し倒された。神薙さんが上から見据えてくる。少し怖い目だ。

「いいんだな？」

反射的にこくりと唾を呑んだ。

それから、僕は頷いた。

「……できるだけ、そっとするから」

だけどやっぱり優しい人だ。囁いた唇が近づいてきて、僕は目を閉じた。


「あの、電気…っ」

「え？」

「電気、消してください…っ。あと、戸も」

戸が開いたままだし、明かりが皓々とついているのは恥ずかしい。「ああ」と神薙さんは立ち上がって戸を閉め、思い出したようにヒーターをつけた。それから少し考えて、電灯は小さな豆電球だけにする。ほんのり薄いオレンジ色の明かりに部屋が満たされた。暗いけど、互いの顔ははっきり見える明るさだ。

「ま、真っ暗にしてください」

「羽瀬が痛がってるか、顔が見えないとわからないから」

「そんな……」

再び僕の上になった神薙さんの顔がはっきり見えて、いまさら羞恥に身がすくむ。僕はどんな恥ずかしい顔をしているんだろう。

「あっ…、と、隣に八須賀さんがいますよね？」

「あの人、酒が入って寝てる時は簡単には起きないから」

いまになって僕は往生際《おうじょうぎわ》が悪い。だけど抱きしめられて唇が合わさると、いろんなことが頭の隅に流されていった。

「ちょっと、傷見せてくれるか」

神薙さんに言われて、僕はセーターに手をかけた。見られながら脱ぐのって恥ずかしい。でも思いきって、下のTシャツも脱ぎ捨てた。

脇腹の傷には大きな医療用のパッドが貼られている。神薙さんは指先でそっとパッドを撫でた。

「少しだけ、剥がしてみていいか？」

「はい」

テープ部分の端を慎重に剥がす。もう傷口はくっついているから、パッドを剥がしても痛みはない。見た目はちょっと生々しいけど。神薙さんは顔をしかめる。

「痛そうだな…」

「普通にしていれば、もう痛くないです。力を入れるとちょっと痛いけど」

「痕が残らないといいんだけど」

「大丈夫ですよ。そんなに大きな傷じゃないし」

神薙さんは慎重にテープを貼り直す。それから、パッドの上にそっと口づけた。

「…っ…」

パッド越しだから、感触はない。けれど、そこからじわりと熱が下腹部に広がっていく。

「羽瀬はさ……もう少し自分を大事にしてくれよ」

「ん、……はい」

唇はパッドから離れ、へそに口づける。チュッと、今度は音がするくらいに。舌を出してへそを舐められた。くすぐったい。腰がもぞもぞと動いてしまいそうだ。

「おまえを大事に思ってるやつがいるんだからさ。もう自分を投げ出したりしないでくれ」

「はい。……でも」

自分のお腹の上にある神薙さんの頭に触れる。さらさらと頼りない僕の髪と違って、しっかりした硬めの髪だ。この人の髪に、こんなふうに触れることができるなんて。

「でも僕は神薙さんが大事だから……助けることができて、よかったです」

神薙さんは顔を上げる。体を持ち上げて、ひたいとひたいがくっつきそうな位置で目をあわせた。

「羽瀬はかわいいなあ」

ふわりと笑って、そう言った。目を細めて唇がほころんで、とろけそうに甘い顔だ。

こんな顔するんだ、と思った。恋人になると、こんな顔が見られるんだ。

(恋人)

自分の思考に、一人で赤面する。すると神薙さんは僕の頭を両手で挟んで、わしゃわしゃと髪をかき回した。

「わ、か、神薙さん」

「あーくそ、かわいくって、頭から食っちまいたくなるわ」

またキスをされる。今度は体ごと持っていかれるような、激しいキスだった。うまくついていけなくて、息が上がる。

「ん、ん……ふ、っ」

こんな人だったんだ、と思う。こんな一面もあるんだ。いつもより少しテンションが高くて、笑った顔が少年みたいで。

たとえば怒った時の神薙さんは怖いけど、それもこの人の一面だ。同じ人の中に、いろんな面がある。もっと、知りたいと思う。

「あ、っ…」

唇は首筋に移動して、軽く噛まれた。痛くない、でも歯の力を感じるくらいの強さで。本当に食べられているみたいでぞくりとする。

「ん、…ッ」

「痛かったら言って」

舌が首筋から胸に下り、乳首を舐める。舌先でいじられ、自分の乳首が硬く立ち上がっているのがわかった。舌で転がされ、軽く歯を立てられる。やっぱり痛くないくらいに。

「ッ…」

だけど、刺激を感じた。かすかな電流みたいに。乳首ってこんなに敏感だっただろうか。噛んだあとに舐められると、ジンジンと痛痒い。鼓動が速くなり、息が短くなって、変な声が出てしまいそうだ。

「っ…や、神薙さ…」

嫌じゃないけど、嫌だって言いたくなる。勝手に体が身悶えてしまう。そんな自分の反応が恥ずかしくて、でもどうにもできなかった。

「か、神薙さんも」

腕で顔を半分隠して、やっと小さな抵抗を試みた。

「なに？」

「神薙さんも……脱いでください。僕だけなんて、嫌です」

「いいよ」

神薙さんは膝立ちになってパーカーを脱ぎ捨てた。その下の長袖Tシャツも。初めて見る神薙さんの体に、僕は目が吸い寄せられてしまう。

僕よりずっとしっかりした体つきだった。日焼けはしていないのに、元々の肌の色が少し濃い。フライパンの上でほんのり色づいたバターみたいな色だ。

人の裸を直接見るのは、修学旅行の風呂の時以来だった。まじまじと見ちゃいけないもののような気がする。でもやっぱり、見たい。見てもいいんだよな。

（……恋人、なんだし）

「あ」

おなかに小さな傷跡を発見した。右の下腹部に、うっすらと。豆電球だからよく見えなくて、僕は起き上がって顔を近づけた。

「これ、手術の痕ですか？」

「ああこれ、盲腸だよ。高三の冬に切ったんだ。それが受験の一週間後でさ、痛みが来るのがあとちょっと早かったら、受験できないとこだった」

「手術、痛かったですか？」

「うーん、歩けるようになるまでは痛かったかな。でも倒れた時の方が痛かったな」

「さわってもいいですか？」

五センチに満たない、小さな傷だ。傷跡があることはわかるけど、もうかなり薄い。「いいよ」と言われて、そっと指先で触れた。

凹凸もなくて、さわっただけではわからない。お揃いだな、とちょっと思った。場所も大きさも違うけど。

こんなところに傷があるということを、知れたのが嬉しかった。こんなに近くでまじまじと見るなんて、ただの知り合いだったらなかっただろう。

嬉しくて、なんだか傷まで愛おしくて――衝動的に、僕はその傷跡に口づけた。

ピク、と腹筋が動くのを唇で感じる。神薙さんが傷跡にキスをしてくれた時もこんな気持ちだったのかなと思った。

「……傷、ほかにもあるよ。見たい？」

「見たいです！」

食いついてしまった。すると神薙さんは、スウェットのズボンに手をかけた。

（えっ）

「羽瀬も、下脱いで」

「は、はい」

自分のジーンズのボタンをはずす。恥ずかしかったけど、神薙さんがさらっと脱ぎ捨てて下着だけになったので、僕ももぞもぞとジーンズを足から抜いた。

「ここ」

って神薙さんが指でさしたのは、腿の外側だ。盲腸の手術痕よりもずっと大きくて、白っぽく攣れたような痕になっている。

「えっ、これ、大怪我なんじゃないですか？」

「ガキの頃に廃材置き場で遊んでたら、裂けた木片でざっくり切ってさ。成長して痕も伸びたんだ」

「泣きました？」

「泣かなかったよ」

「ほんとですか？」

「嘘。ちょっと泣いたかな」

ははっと笑う。そんな笑顔も、子供の頃のことを知れるのも嬉しい。神薙さんはどんな子供だったんだろう。写真があったら見たい。小学生の時のも中学生の時のも高校生の時のも。赤ん坊の神薙さんも見たい。

「羽瀬はほかに傷痕とかないのか？」

「僕、頭に傷があるんですけど……小さい時にジャングルジムから落ちて。そのせいで高所恐怖症《こうしょきょうふしょう》なんですよね」

「見せてくれよ」

「でも、ハゲになってるんですよ」

両手で頭をガードしてしまう。神薙さんは笑って上から覗き込んできた。

「いいだろ。見せてくれよ」

「やですって」

「普通にしてたらわかんないよ」

　ふとんの上で逃げたりつかまえられたり。まるで子供のじゃれあいだ。最終的に手首をつかまれ、傷を見つけられた。

「これか。ほんとだ。ここだけ髪が生えてない」

「もっ…、だから嫌だって言ったじゃないですか！」

「いやいや、ほんとわかんねえって。つか、ハゲかわいいな」

「…っ」

　抱きしめられて、つむじのあたりにチュッとキスをされた。

　チュッ、チュッ、とキスはおでこやこめかみ、首筋に降ってくる。抱きしめたまま体重をかけられ、再びふとんに横になった。

「……あ」

　また乳首に舌を這わせながら、今度は手が下りてくる。傷を避けてへそのまわりを撫で、腿をたどる。温かくて少しざらついた手のひらがするっと内股に回ってきて、さりげなく足を広げられた。

「…ッ」

　下着の上からゆるく股間に触れられ、反射的に足を閉じてしまう。「閉じないで」と耳元で囁かれた。神薙さんの体が足の間に入ってきて、閉じられなくなってしまう。

「んっ、あ」

最初は、ゆるゆると撫でるような触れ方だった。じれったくなるくらいに。強い刺激はなくて、ただじわじわと体温が上がってくる。

「…、っ…ふ」

体温が上がるのにつれて、性器にも熱が集まってきた。少しずつ張りつめていくのがわかる。

「あっ」

布地の上から指先で少し強めに引っかかれて、声が出てしまった。恥ずかしい。恥ずかしいのに、じれったかった。かかとが無意識に動いてしまう。もう少し。もっと——

「か、神薙さ…」

神薙さんの腕をつかむ。きっと僕はねだるような顔をしている。僕にだって性欲はあった。快感の中心には触れずにそのまわりを刺激する触れ方に、たまらなくなって腰が動いた。

「さわるよ」

声と同時に、下着の中に手が入ってきた。

「ん、んっ…!」

さわってほしかったのに、ダイレクトにさわられると、今度は腰が引けてしまう。僕には刺激が強すぎて。でものしかかられているから、逃げ場なんてない。大きな手で、きゅっと握られた。

「あっ」

直接さわられ、僕の性器は悦んで形を変える。下着が窮屈になるくらいに。すると神薙さんはすばやく僕の下着をずり下ろした。ほのかな明かりの下、恥ずかしい姿がさらけ出されてしまう。

「や、や…」

恥ずかしい。でも気持ちがよかった。いままで感じたことのない悦楽《えつらく》だ。キュッと握られると腰が跳ねて、内側で熱い塊がズクリと疼いた。

「あ、やだ…っ」

「嫌か？」

嫌だと言ったくせに、訊かれると困る。赤くなって首をすくめ、小さく横に振った。頭と体がばらばらで、でもぐちゃぐちゃに混じり合っていく。

握られ、こすられ、先をひっかかれて。一人で先に濡れてしまって、粘った水音が静かな部屋ではっきりと聞こえた。たまらなくなって、僕は神薙さんの腕を握る手に力をこめた。

「ぼ、僕も」

「なに？」

耳たぶを舐められ、軽く歯を立てられる。

「僕も、さわりたい……」

目を合わせて、神薙さんはふ、と笑った。

「うん。さわってくれよ」

自然に手が伸びた。神薙さんのものに下着の上から触れる。小さな声が漏れて、どきどきした。

でもまだそんなに大きくなっていない。やっぱり僕の方が興奮している。もっと感じてほしくて、思いきって神薙さんの下着を下ろした。

「ん…」

神薙さんの手の動きが激しくなる。おんなじようにはできないけど、追いかけるように手を動かした。そのとろけそうな目と、かすかに上気した頬を見て、神薙さんも気持ちいいと思ってくれてるんだ、とわかった。僕だけが乱されているんじゃなくて。

（……嬉しい）

嬉しかった。もっと、したいと思う。もっと神薙さんを気持ちよくしたい。一緒に気持ちよくなりたい。

「か、神薙さ……」

互いに手を動かしながら唇を重ねる。口と口の間で息が跳ねて、唇の端からこぼれた。

繋がって、通いあって、交換しているって気がした。吐息とか、唾液とか、体温とか快感とか、いろんなものを。

「神薙さん…っ」

「気持ちいい？」

囁かれて、こくりと頷く。もう取りつくろえない。

「あ、あ…っ」

だめだ。このままじゃ僕だけ先にいきそうだ。

「んっ」

と思ったとき、神薙さんの手がすっと離れた。するりと腰のうしろに回る。僕の先走りで湿った手が。

「ここで……したこと、あるか？」

「っ……！」

尻の狭間を撫でられて、びくりと身がすくんだ。

首を振る。少し黙ったあと、神薙さんは言った。

「して、いいか？」

思わずこくりと唾を呑んだ。経験はない。怖い。……でも。

「……いいです」

言って、神薙さんの首にしがみついた。欲しいと言ったのは僕だ。

「――じゃあ、少し慣らすから」

神薙さんはいったん手を引いて、自分の指を口に入れた。人差し指と中指の二本を、舌を出して舐める。

神薙さんの唇。舌。指。舐める様子を間近で見ていると、ぞくぞくした。

「…っ」

濡らした指を、もう一度僕のうしろに伸ばす。

「あ」

指先が少し潜り込むと、声が出た。快感とかじゃない。異物感《いぶつかん》だ。ぎゅっと目をつぶる。

「んっ…」

少しずつ指先が潜り込んでくる。無意識に息をつめてしまう。キスで入ってくる舌は自然に受け入れられるけど、うしろに入ってくる指は、体が抵抗していた。体が硬くなって、その部分に変に力が入ってしまう。

「い、っ」

ぐっと指が押し込まれた瞬間、お腹に力が入って、刺された傷口に痛みが走った。

「え、ごめん。痛いか?」

あわてて神薙さんが少し指を戻す。は、とつめていた息を漏らして、目を開けた。

「だ、大丈夫です」

「でも」

「大丈夫ですから」

どうにか口元で笑ってみせた。やめたくない。

「……息、吐いて。あんまり力を入れないでくれよ」

囁いて、もう一度指が入ってくる。じりじりと僕の中を進んでくる。指一本なのに、強烈な異物感だった。やっぱりどうしても力が入ってしまう。

「あ、つっ!」

中で動かされて、止めようと思う間もなく声が出た。

「――やっぱりやめよう」

神薙さんは指を抜いた。重なっていた体が、すっと離れていこうとする。

「やだ…っ」

僕はぎゅっとしがみついた。

僕はわがままだ。受け入れるのが怖いくせに、離れないでほしいなんて。

でも、痛くても苦しくてもいいから、この人が欲しい。むりやりでも、壊されてもいいから。

「行かないでください……」

涙が出そうだ。誰かが欲しくて、泣くなんて。

「……」

神薙さんは体を戻し、ふわりと僕を抱きしめた。体温に包まれる。硬くなっていた体が、少しゆるんだ。

「……じゃあ、こっち、さわらせて」

言って、途中で放り出されていたものに、また指がからんできた。

いったん立ち上がっていた性器は、痛みと怯えで少し縮こまっていた。それを優しく撫でられる。

最初からやりなおすみたいに。

「ん、…ふっ…」

僕の体は正直で、神薙さんに触れられると簡単に悦んで反応する。いったんおさまっていた波が、また少しずつ大きくなってきた。体温が上がるのと同時に、坂を駆け上がるように快感の波が高まっていく。

「……んっ！」

濡れてクチュクチュと音を出し始めた頃、再びうしろを指で探られた。条件反射的に下腹部に力が入ってしまう。痛い。

「力入れないで」

キュッと性器を握られた。

「んんっ」

行き場のない熱が身の内に溜まって、熱く疼く。とろとろと、中から濡れていく気がする。いや、溶けていく。

「ん、あ、あっ」

溶けてやわらかくなった体に、ぐっと指が押し入ってきた。広げるように、中で動く。しばらくすると指を増やされた。

「あ、くッ……」

「羽瀬、大丈夫か?」

「だ、大丈……あッ」

前と後ろを同時に刺激されると、痛いのか苦しいのか気持ちいいのか、だんだんわからなくなっていった。痛いのも気持ちいいのも、同じところから生まれている気がする。僕の体が、神薙さんに反応している。

「痛い?」

間近で目を覗き込まれる。神薙さんの目も、熱と欲情で潤んでいる。

「い、痛い、です。でも」

「でも？」

「でも……嬉しい」

誰かと触れあって、繋がって、受け入れて。気持ちいいだけじゃない。怖くて痛いことだ。でもやっぱり——嬉しかった。

「か、神薙さん、もう」

もっと強く、深いところで繋がりたくて、しがみついて自分から誘った。僕は大胆になっている。夜で、酒が入っているからだと自分に言い訳をした。朝になったら、きっと死ぬほど恥ずかしくなるだろう。

でもいまは、恥ずかしいことがしたかった。臆病で欲しがりな自分を、全部をさらけ出してしまいたい。

「うん。俺も、もう……」

神薙さんの息も熱い。ゆっくりと指が抜かれ、片足を抱えるようにして持ち上げられた。

神薙さんの性器が触れる。目を開けるとほの暗い明りの下、神薙さんが小さく舌を出して唇を舐めるのが見えた。欲情している顔だ。

「んッ…！」

それでもやっぱり、指より大きな質感に、体が竦《すく》んだ。

「羽瀬」

また力が入りそうになると、キスで唇を塞がれた。舌を絡めると、そこにも熱が生まれて体中に広がっていく。繋がった場所から溶けていく。

「ん、あ、神薙さん……ッ！」

硬くて大きなものが、ぐぐっと押し入ってくる。痛い。でも気持ちいい。気が変になりそうだ。

「羽瀬、大丈夫か？」

大丈夫。大丈夫だからもっと。

言葉で伝えるのがもう無理で、しがみついて腰を押しつけた。神薙さんは僕を抱きしめて、体中で応えてくれる。

「あ、あ、…っ」

中で動く、生々しい感覚。自分の中に他人がいる。揺さぶられるたびに声が出た。耳元で神薙さんの息が跳ねる。

「あ、やぁっ…」

熱いものでこすられると、そこから熱がうねった。動きがどんどん激しくなる。ついていけなくなって、肩に爪を立てた。

「待っ、も、少し……」

「ごめん、もう」

リズミカルに腰が打ちつけられる。潤んだ目を開けると、目を伏せた神薙さんの顔が見えた。苦しいみたいに眉根を寄せている。でも頬がうっすら上気して、吐く息が熱い。

「――あ…ッ！」

強く腰を打ちつけられた。たまらなくなって、先に達してしまった。

ぶるっと体が震える。瞬時に一番高いところまで行った波が、急速に鎮《しず》まった。

でも神薙さんのものは中に入ったままだ。体が鎮まったせいでよけいに質感をリアルに感じて、また熱が疼き出した。

全然、おさまらない。熱が引かない。どうしよう。

「あ、ま、待って」

放出して弛緩した体に、性器をズッと奥まで押し入れられた。背中がのけぞる。いったん引いたはずの波が、むりやりまた引きずり出される。

「だめ。もう、こっちも……」

たまらなそうな声で、神薙さんが呟いた。

(どうしよう。嬉しい)

一緒に感じてくれている。繋がっている。気持ちが昂ぶると体もまた昂ぶってきて、もうどこがてっぺんなのか、終わりがあるのかないのか、わからなくなってきた。

「あっ、あっ、ああ…ッ」

何度も押し入れられ、揺さぶられる。そのたびに僕はあられもない声を出した。声を抑えることも傷をかばうことも、もうできない。何かをセーブすることなんてできなくて、痛みも快楽も、全部味わいたかった。

「ん、…あ…ッ!」

「あ、神薙さ――…ッ」

一緒に達したのは、覚えている。目の眩むような悦楽だった。

でも意識があったのはそこまでだ。快楽も昂る感情も、僕には大きすぎた。ただ熱くて、気持ちがよくて、あたたかな波に溶けるみたいに、僕は目を閉じた。


カーテンの隙間から見える空が、青かった。

記憶にある限り、正月はいつも晴れている気がする。人も交通量も少なくてがらんとしているせいか、街全体が洗われたみたいだ。空も空気もぴかぴかしている。正真正銘《しょうしんしょうめい》の、新しい朝。

(今日から新しい年だ)

明かりとヒーターは消えていた。体にはちゃんと毛布と掛け布団がかけられている。

じんわりと背中が温かい。横になった僕の上に片腕がのっていて、胸元に力の抜けた手が無造作に放り出されていた。大きな、少し節ばった手。

(……うわ)

だんだん記憶が鮮明になってきた。それに伴って、どきどきと鼓動が速くなってくる。背中に感じる、体温と寝息。神薙さんはまだ眠っているらしい。

目を開けたまま、動けなくなった。振り向いたら起こしてしまいそうだ。まだもう少し、このままでいたい。顔をあわせたら何を言えばいいかわからないし。温まったふとんと腕の重み、背中の体温が心地いい。

あとちょっと。もうしばらくの間、このまま――

「――おい、仁！」

戸の向こうから響いてきた大きな声に、僕はびくんとした。

「……ん」

背後で神薙さんが身動きする。するっと腕が離れた。

「仁、起きろ！　初詣《はつもうで》行くぞ！」

八須賀さんだ。昨夜はつぶれて寝ちゃったのに、やけに元気がいい。階段を上がってくる足音が聞こえた。

（え。どうしよう）

「神…」

焦って振り返ろうとすると、「しっ」と小さな声がした。

顔だけで振り向くと、神薙さんが目を開けていた。まだ眠そうだ。寝乱れた髪のプライベートな表情に、小さくひとつ胸が鳴る。

神薙さんは口の前に人差し指を一本立てた。

「静かに」

息と口の動きだけでそう言われ、僕はこくりと唾を飲んだ。

「仁、いないのか？」

足音はドタドタとこの部屋の前を通り過ぎる。斜め前の、神薙さんの部屋の戸を開ける音がした。

「あれ？　どこ行ったんだ？」

ぎゅっと毛布を握る。まずい。こんな場面を見られたらどうしよう。八須賀さんはこの部屋は開けないと思うけど……

「ったく。しゃあねえな。羽瀬もまだ寝てるみたいだし……。一人で行ってくっか」

戻ってきた足音が、階段を下りていった。僕は深く息を吐きだした。

「……ああ、正月か」

背中の後ろで、気の抜けたような声がした。

「あ、あけましておめでとうございます」

横向きに並んで横たわった体勢のまま、僕は動けずにいた。ふっと笑う息が背中にかかる。

「昨日言ったよ」

「そ、そうですね」

昨日口走った言葉や、正気でいられなくなるようなあれやこれやを思い出して、つい他人行儀な口調になってしまう。神薙さんは気にした様子もなく、ふわああと大きなあくびをした。

「あとで近くの神社に初詣行くか。いや、その前に雑煮……」

言いながら、でもふとんを引っ張り上げてまた潜り込む。ごそごそと身動きをして、背中にぴたりとくっつかれた。

「でも、気持ちいいから、もうちょっとこのまま……」

呟く声がかすれて消える。やわらかな呼吸の気配だけを感じた。

「……はい」

僕もまだもう少し、このままでいたかった。何かをしたり、言葉を交わしたりしなくていい。ただ体温を共有して、神薙さんを感じていたかった。

正月だからって、何もかもリセットされるわけじゃないのはわかっている。そんなにすぐに自分が変われるわけじゃないってことも。

でも、ここからなら始められる、と思った。外にはつらいことや理不尽《りふじん》なことがいっぱいあるけど、ここからなら。いつでも帰ってこられる場所があって、会いたい人がいる。

目を閉じて、すうっと深く息を吸った。

新しい今日が始まる。

■あとがき■

こんにちは。高遠琉加《たかとおるか》です。ショコラ文庫では初めましてになります。

これまではどちらかというとシリアス寄りのお話が多かったのですが、今作はわりと明るめのお話になりました。あくまで当社比ですが…。明るい話を書いたつもりでも、泣きましたと言われることもあるんですすが。

これはシェアハウスの話なんですが、シェアハウスって憧れます。実は私、集合住宅に住めないんですよね…。大きな建物に部屋が並んでて、上下左右に他人の生活があるっていうのがなんだか苦手で。高校を卒業して一人暮らしを始めて以降、アパートとかマンションに住んだことがありません。ずっと一戸建てを借りて住んでました。大学生の時は古い一戸建ての一階を借りてて、二階は別の人が住んでいたんですが、いま思えばシェアハウスっぽい？　でも玄関とトイレが別だったので、あまり交流はなかったんですよね。

ちなみにお風呂はなくて、銭湯に通ってました。と言うと「女子が風呂なし！」と驚かれるのですが、銭湯、いいですよー。いつも熱々だし、浴槽大きいし、ジャグジーみたいなのもあるし、お風呂掃除しなくていいし。冬は行き帰りが寒いですが。夏のお風呂上がりに、扇風機にあたりながら脱衣場のテレビをぼーっと眺めるのが好きでした。

一度だけ事情があってウィークリーマンションを借りたことがあるんですが、やっぱり集合住宅ってだめで、てきめんに眠れなくなってどんどん体調が悪くなり、一週間もちませんでした。でも同じ家の中に知っている人が住んでいるのは大丈夫なので、シェアハウスだったらいけるんじゃないかと思うんですよねー。一度住んでみたいです。いまからじゃ無理かな。いっそおばあちゃんになってから、おばあちゃん同士でシェアハウスしたら楽しそう。

そんな感じの、ばらばらでもなく、べったりでもなく、ゆるく他人同士が繋がっている、シェアハウスのお話です。シェアハウスいいなあと思いながら書いたので、楽しんでもらえたら嬉しいです。

しかしながら体調不良でなかなか原稿が進まず、担当編集様とイラストレーター様にはたいへんご迷惑をおかけしました。表紙を見せてもらったのですが、住人たちの個性やシェアハウスの楽しさがカバーだけで伝わってきて、中のイラストもとても楽しみです。本当にありがとうございました。

入院から始まった２０１７年はお休みモードだったんですが、ようやく調子が上がってきたので、２０１８年はがんばろうと思います(マイペースで)。またお会いできたら嬉しいです。

高遠琉加

初出
「ここは限界ハウス」書き下ろし

CHOCOLAT
BUNKO

この本を読んでのご意見、ご感想をお寄せ下さい。
作者への手紙もお待ちしております。

あて先
〒171-0014 東京都豊島区池袋2−41−6 第一シャンボールビル 7階
（株）心交社　ショコラ編集部

ここは限界ハウス

2018年3月20日　第1刷

著　者:高遠琉加
発行者:林 高弘
発行所:株式会社　心交社
〒171-0014 東京都豊島区池袋2−41−6
第一シャンボールビル 7階
(編集)03-3980-6337 (営業)03-3959-6169
http://www.chocolat_novels.com/
印刷所:図書印刷 株式会社